山脇由貴子

出会いを求める少女たち

子どものこころカウンセリング

信山社

山脇由貴子著　出会いを求める少女たち

目次

山脇由貴子著　出会いを求める少女たち

細目次

版画　大久保草子

この物語は著者が子どもたちや親からの相談を受けた経験を基にストーリーを展開させたもので、登場人物や設定、内容はフィクションであり実在のものとは関係がありません。

また、本書は『毎日中学生新聞』二〇〇二年四月三日号よりほぼ一年にわたって連載したものをもとに必要に応じて手を加えたものです。

I

誰か　話し相手になってくれませんか

I　あなた　毎晩遅いから　知らないでしょうけど

「ユカー。ごはんよ。下りてきなさい」

母の呼ぶ声を無視して、ユカは携帯《けいたい》電話のボタンを押《お》し続けた。

「『明日とあさって、遊んでくれる人、探《さが》してまーす』っと。で、送信」

ユカは携帯電話をベッドの上にポンと置いた。

「早く、こないかなーー」

「ユカ、早くしなさい。何やってるの」

再び母が呼ぶ声がした。

「っるさいなあ」

ユカはつぶやき、ごろりと横になった。そこで唐突《とうとつ》にドアが開いた。

「ご飯だって言ってるでしょ？　聞こえないの？」

「勝手に開けないでよ」

「何言ってるの。親が子供の部屋開けて、何が悪いの。ご飯よ。下りてらっしゃい」

「いらない。帰りに友達と食べてきたもん」

「食事は家で食べなさいって言ってあるでしょ」

「食べてきちゃったんだからしょうがないじゃん」

「まったく……」

母は諦《あきら》めたようにドアを閉めようとし、思い付いたように振《ふ》り返った。

「それから、部屋でお菓子《かし》ばっかり食べるのもやめなさいよ」

「はいはい、分かった」

母がドアを閉めたのとほぼ同時にメールが届《とど》いたのを知らせる音楽が流れた。

「来た来た」

ユカは携帯を手に取り、メールを開く。

「38歳《さい》、サラリーマンです。一緒《いっしょ》に遊んでくれる、可愛《かわい》い女の子、探してました。明日、一緒に遊びませんか?」

「38歳かあ、ジジイじゃん。あ、でもお金持ってるか。どうしょっかなーー」

そのメールを読んでいるうちに、次のメールが届いた。20歳の大学生だった。

「こっちはお金なさそうだなー。でも38歳よりはいっか」

ユカは画面を見つめた。

「もうちょっと待ってから考えよっと」


「まったく……」

母、明子はため息をつきながら階段を下りた。

「なんだ、ユカは食べないのか」

そう聞いてくる夫の武志《たけし》に明子《あきこ》は言った。

「最近ずっとそうですよ。友達と食べてきたとか言って。あなたは毎晩遅《おそ》いから知らないでしょうけど」

明子のさりげないいや味を、武志はせき払《ばら》いでごまかした。

「困ったもんですよ。部屋でお菓子を食べて済《す》ませちゃう時もあるし」

武志は黙々《もくもく》とはしを口に運ぶ。

「帰りも遅いんですよ。10時過ぎの時もあって。何回注意しても全然聞かないんです。あなたからも言ってくださいな。まったく、どこで何をしてるんだか」

明子は文句を言い続けた。

「だいたい、お金だってそんなにないはずなのに」

「ユカは何て言ってるんだ」

「友達におごってもらってる、とか言うんですけど、その友達もどこの誰《だれ》なんだか」

「学校の子じゃないのか」

「そうじゃない子もいるみたいなんです。だから心配で。あなた、後であの子と話してください」

「ああ……」

「ユカと話すことなんてほとんどないでしょ」

「それはそうだが……」

武志は読んでいた新聞から目を離《はな》した。

「まあ、そんなに心配することないだろう」

＊　思春期の子どもの行動が見えなくなってきた時、叱りつけたり文句を言うだけでは反発されてしまって逆効果。門限を守らせる、など、具体的にエスカレートしないためのルールを夫婦で話し合って決める。両親の考えが一致しているのはとても大事なこと。

「まったく、いつもそうなんだから」

明子はイライラとご飯を口に入れた。

2 お巡りさんに　補導されるわよ

目覚めるともう昼近かった。家の中は静まり返っていて、母も出かけた後のようだった。

「だっるーい」。ユカは体を起こした。

朝、母が何回も声をかけていったのは覚えている。

「遅刻《ちこく》するわよ。早く起きなさい」「最近、遅刻ばっかりでしょ。早く用意しなさい」

母の言葉にユカはうんざりしながら答えた。

「分かってるって。すぐ起きるから」

そんなやり取りを何回か繰《く》り返しているうちに、母は自分のパートに間に合わなくなり、起こすのを諦《あきら》めて出かけて行ったのだろう。

当然、学校なんて行く気にはならない。かといってこのまま家にいれば、母が帰ってきてまた文句を言うに違《ちが》いない。

「だっりーなあ」

ユカは仕方なく制服に着替《きが》えて家を出た。

電車のシートに身を沈《しず》めて携帯《けいたい》を開く。メールをチェックする。夜中のうちに、何件かのメールが入っていた。２件は他の学校の友達からだった。

「今度の水曜、合コン。来る?」

「今カラオケ中。結構いい男、いるよ。来ない?」

「なんだあ、行けばよかった」

カラオケの方のメールの着信時間は夜中の２時。その後はユカが出会い系サイトに送ったメールの返事だった。

「43歳《さい》、時間とお金はあります」

「32歳、楽しい遊び、いっぱい知ってるよー。一緒《いっしょ》に遊ぼう?」

「38歳、妻子持ちだけど、いいかな?」

ユカは携帯を閉じた。

「みんないまいちだなあ」

今日の気分は、25歳ぐらいのサラリーマンがいい。ご飯でも食べさせてもらって、カラオケに行って、途中《とちゅう》から友達を呼ぶ。そのパターンを狙《ねら》っているのに、そういう男からのメールは届《とど》いていない。


「仕方ないか」

ユカは渋谷《しぶや》で電車を降りた。

渋谷の街に来ると、なぜか落ち着く。家にいるよりもはるかに安心する。いつ来てもあふれるほど人がいて、雑多な人種がいる。ユカのように制服の子もいるし、私服の子もいる。スーツ姿のサラリーマンもいる。誰《だれ》もが急いでいるようで、誰も急いでいない。皆《みな》が渋谷の街をさまよっている。

まっすぐに歩くことができないほど、あふれた人の波におぼれることに安心している。そんな気がする。

どこに行こうか。そう思いながら、友達の真美《まみ》にメールを送る。

「今どこ？　何してるの？　ユカは渋谷。遊ぼうよー。退屈《たいくつ》」

返事はすぐに返ってきた。

「あと10分くらいでつくよ」

ユカは安心して携帯を閉じた。待ち合せ場所なんて決めなくてもいい。いつも皆が集まる場所はだいたい決まってる。たとえ真美が来なくても。誰か知っている子はいる。一応真美にメールを送ったのは、誰もいなかった時のため。

ユカは交番の前を通りすぎた。おまわりさんはちらりとユカを見たが何も言わない。どうせ、ユカの短いスカートから出た足を見つめているんだろう。おまわりだって、男はみんな同じだ。

いつだったか、母が言った。

「おまわりさんに捕《つか》まるわよ。補導されちゃうわよ」

その言葉を聞いて、ユカは試《ため》しに友達と交番の前を煙草《たばこ》を吸いながら通りすぎてみた。おまわりさんは確かにユカたちを見たけど、何も言わなかった。その後、友達と大笑いをした。

「やっぱり捕《つか》まんなかったじゃんねー」

確かに、その時は制服じゃなかったけど。

「つっまんなーい」

どうしてこう毎日退屈なんだろう。楽しいことなんて何もない。毎日だるい。面倒《めんどう》くさい。すべてがうっとうしい。

いつもみんなが集まる場所につくと、真美はまだ来ていなかった。でも何人か知ってる男の子がいた。

「よお、ユカ。元気かよ」

「元気、元気。そっちはどう?」

(こいつは誰だっけ?)

と思いながらユカは答えた。

3 遊んでくれるの　うれしいなあ

「ほんと、みんないまいちだね」

真美《まみ》はユカのメールを見ながら言った。

「そうでしょー」

「じゃ、今日はやめるの?」

「どうしょっかな」

「カラオケでも行く?」

「うーん。金ないんだよなー」

ユカと真美は地べたに座《すわ》り込《こ》んで話をしていた。ユカは携帯《けいたい》を閉じてタバコに火をつけた。

「真美、今日、ガッコ行ったの?」

「行ったよ。朝、ババアがうるさくて」

「うちもうるさいんだよね」

「でもユカんちは仕事行っちゃうんでしょ?」

「うん。だから、ちゃんと学校行ってるって思ってるんじゃん?」

「マジ?　ばれたらやばくない?」

「やばい、やばい。でもばれないっしょ」

2人は意味も無くばか笑いをした。

「どれか、呼び出そっか」

ユカはもう一度携帯を開いた。

「会うの?」

「うん。で、適当にご飯食べさせてもらって、逃《に》げてくる。で、カラオケ行こっか」

「それ、いいね」

真美は意味深にほほ笑《え》んだ。

「どれがいいと思う?」

ユカは真美の方に携帯の画面を差し出した。

結局、ユカは38歳《さい》の妻子持ちを選んだ。妻子持ちならそうしつこくはしないだろう。

ユカは携帯のボタンを手早く操作して、男にメールを送った。

「今日、遊んでくれますかあ？　今、渋谷《しぶや》にいるんですけど」

男からのメールは驚《おどろ》くほどにすぐ返ってきた。

「携帯握《にぎ》り締《し》めてじっと待ってたんじゃない？　気持ちわっるーい」

ユカは笑いながらメールを開く。

「遊んでくれるの？　うれしいなあ。渋谷だったら30分くらいで行けるよ」

その後はいつもの作業。ユカはすぐに返信を送り、男の特徴《とくちょう》と携帯の番号を聞き出した。

「背はちょっと高い方かな。体形は普通《ふつう》。グレーのスーツに青いネクタイしてます。目印に、手に新聞持ってます。携帯の番号は０９０……」

「新聞持ってるオヤジなんか山ほどいるっつーの。それじゃ分かんないじゃん」

とりあえずハチ公前まで来させて、30分後にユカの方から電話をすることにする。ユカが電話をした時に、ちょうど携帯に出た男がその男だ。

「どんな男だろうねえ」

真美がユカのメールを見ながら言う。

「うーん、どんなんでもいいけど、金持ってないのはやだなあ。あと、気持ち悪いやつも」

30分を少し過ぎてから、ユカと真美はハチ公前に行った。ざっと見回してもグレーのスーツ姿の男はたくさんいて、どれなのか予想もつかない。ユカは聞き出した番号を押《お》す。1回のコールで男は出た。

「あ、ユカちゃん？」

「今、どこですかあ？」

話しながら周囲をざっと見渡《みわた》す。

「今ね、ハチ公の右側の所」

確かにハチ公の横で電話をしている男がいる。何人かいるが、グレーのスーツは1人だけだった。

「あれみたい」

ユカは携帯の送話口を手で押さえながら、真美に男を指さす。

「遠くってよく見えないね」

真美が小声で答える。

「あ、わっかりましたー。今、行きますねー」

ユカは携帯を切って、鏡を取り出し、自分の化粧《けしょう》をチェックした。

「ね、真美、1時間したら電話して。それをきっかけに逃げてくるからさ」

「1時間ね。OK。地下とか入んないでよ」

「大丈夫《だいじょうぶ》この近くで済《す》ますから、どっかで待ってて」

「分かった」

ユカはもう一度鏡を見てからかばんにしまう。

「さあ、お仕事、お仕事」

ユカは、ゆっくりと男の方へ歩き出した。

4　これで携帯のお金　払って

「5千円？　マジ？」

「マジ、マジ。超《ちょう》ださくない？」

「だっさーい」

「ほんと、最悪」

再び真美とおち合ったユカは折り目のついた、古ぼけた5千円札《さつ》を目の前でヒラヒラとかざした。

「もうちょっと金持ってこいって感じだよねぇ」

「ほんと、38にもなってさあ」

ユカは5千円札を見つめながら言った。

「あたしたちみたいな、若い可愛《かわい》い女の子と遊ぼうってんだからさあ。金くらい持ってなくてどうすんだって感じだよね」

「ほんと、ほんと。金持ってないオヤジと遊ぶわけないじゃんねえ」

「ああ、マジ最悪。時間の無駄《むだ》だったー」

ユカはそのままゴロリと地べたに寝転《ねころ》んだ。

「まあこういう日もあるか。仕方ないよね。」

ユカは5千円札を色とりどりのネオンにかざすように眺めながらつぶやいた。

つい1時間前、ユカは呼び出した38歳《さい》の妻子持ちの男の側《そば》に走り寄った。

「ユカでーす。こんにちは。待ちましたあ?」

男はオドオドしながらユカを見た。

「いや、今着いたところ」

「ああ、よかったあ」

ユカは大げさにため息をついた。安心したふり。待たせなくてよかったというふり。これで相手は安心する。会うのを楽しみにしてくれていたんだと思い込《こ》む。誰《だれ》に習ったわけでゃないけど、本能的に知っている。そんな仕草《しぐさ》。

「どうしようか?」

男はユカの様子をうかがっている。ユカの年齢《ねんれい》の女の子と一緒《いっしょ》にいることに慣れていない証拠《しょうこ》だ。

「ユカねえ、おなかすいちゃった。なんか食べたいなー。おいしいもの」

甘《あま》えた言葉づかい。普段《ふだん》のユカとは全く違《ちが》う言葉と表情が自然に出てくる。

「あ、ああ、そうか。じゃあ、何か食べに行こうか」

男はまだ戸惑《とまど》っている。

「何食べに連れて行ってくれるんですかあ?」

ユカは男の顔をのぞき込んだ。

真美《まみ》はきっちり1時間後に電話をくれた。その電話をきっかけにユカは席を立ち、しばらくして男の所に戻《もど》った時に切り出した。

「ごめんなさあい。お母さんから。すぐに帰らなくちゃ」

「え、今？」

男の顔に落胆《らくたん》の色が走る。

「ほんと、ごめんなさい。なんか、大事な用があるみたいで。すぐに帰ってきなさいって」

男は返事をしない。明らかに戸惑《とまど》い、少し怒っている。

「ユカもまだ帰りたくないんですけど……」

ユカは男の顔を上目づかいに見る。

「ほんと？」

「うん。ほんとはもっとお話ししたいんですけど、お母さんが……」

ユカは困ったようにうつむく。しばらくそのまま黙《だま》っていると、男の方が慌《あわ》てたように言った。

「じゃあ、仕方ないよね。いいんだよ」

「いいんですか？」

「当たり前だよ」

「よかったあ。嫌《きら》われちゃったかと思っちゃった」

「そんなこと、あるわけないよ」

ユカは身支度《みじたく》を始め、席を立った。男も慌ててユカの後を追う。

「また、会えるよね」

別れ際、男が言う。

「もちろんですよー。また、ユカの方からメールしますね」

「ほんとだよね」

「うん、絶対」

男のうれしそうな顔を見てから、ユカは言った。

「あ、でもお」

「何?」

男は、身を乗り出す。

「最近、お母さん、ほんと厳しくってえ。携帯《けいたい》のお金も自分で払《はら》いなさいとか言うんですう。でも、ユカ、バイトしてないから、携帯のお金、払えないかも」

男の顔に動揺《どうよう》が浮《う》かぶ。あと、ひと押《お》し。

「ユカはほんとに、また会いたいんですけどお。でも、お金払わないと、携帯、つながらなくなっちゃいますよねえ、どうしよう?」

そのまましばらく男の反応を待つ。男が何も言わないので、ユカは最後の一言を出す。

「もし、携帯切られちゃったら、もう連絡《れんらく》できなあい。すっごい悲しい。でもしようがないですよね。ユカの学校、バイトも禁止だし」

そこで男は慌てて財布《さいふ》を出した。

「じゃあさ、これで携帯のお金払って」

男はユカの手を握《にぎ》りながら、ユカの手の中に札を押し込んだ。

はっきり言って、ユカは自分のことをバカじゃないと思う。どんなに勉強しても、良い点数がとれないと悩《なや》んでいるクラスメートの気持ちは分からない。勉強すればそこそこの点数はとれたし、成績も良かった。

将来のこともそれなりに考えている。大学は良いところに行こうと思ってる。その後は、何かやりがいのある仕事を見付けて、バリバリのキャリアウーマンになるのもいいし、お給料の高い男を見付けて結婚《けっこん》し、習い事なんかをしながら専業主婦をするのもいい。自分の人生なんてどうでもいいと思ってるわけじゃない。

昨日、友達の愛貴《あき》からメールが入って、今日、個人面談があると知った。ユカは学校も辞《や》めたいと思ってるわけじゃないし、卒業はきちんとしようと思ってるので、個人面談には行くことにした。繰《く》り返し言うけど、ユカはバカじゃないから。個人面談をすっぽかして、親を呼び出されたりしたら、余計に面倒《めんどう》なことになることはよく分かってる。

5　心配してるのよ　あなたのこと

「もうちょっと、学校に来られないかしらね?」

もうすっかりおばちゃんの担任教師はユカの顔をのぞき込《こ》みながら言う。不登校は変に刺激《しげき》してはいけません、なんてマニュアルを言葉通り実践《じっせん》しているようなうざったい教師。本当は、ユカのようなタイプの生徒は大嫌《だいきら》いなくせに、それを懸命《けんめい》に隠《かく》そうとしている。

「卒業がどうとか言ってるんじゃないのよ。ただ、あんまりにも遅刻《ちこく》とか、早退、欠席が多いでしょう？　受けていない授業もたくさんあるし。授業内容も分からなくなってしまうと思うのよ」

ユカは髪《かみ》の毛を一束《たば》つかんで、毛先をながめた。ああ、枝毛がある。そろそろ美容院に行かなきゃ。

「それから、その髪の毛、ね。どうにかならないかしら」

ユカは何も言わずに教師を見つめた。教師は少し怯《おび》えたように、慌《あわ》てて言った。

「前は、黒かったわよね？　確か。去年はもっと黒かったと思うのよ」

「もともと、この色です」

ユカは言い切った。さすがにその言葉に教師はむっとした。

「そんなことはないでしょう。生活指導の先生も気にしてるのよ」

ああ、こいつはいつもそうだ。自分で注意出来ないと人を使って脅《おど》しをかける。ユカはもう一度毛先を見る。美容院に行くにはお金がいる。稼《かせ》がなきゃ。

「とにかく、今のままでは、親御《おやご》さんに連絡《れんらく》しなくちゃいけないわ」

教師はため息まじりに言う。最後の脅し文句。親を呼び出すという言葉さえ使えば、たいていの子供は言うことを聞くと思ってる、バカな教師。ユカはもう一度女教師を見つめた。

その態度は、逆にユカが心を動かしたと見えたようだった。

「ね、分かるでしょ？　心配してるのよ。あなたのことが心配なの」

＊　子どもは大人の嘘を簡単に見抜く。子ども達が一番嫌うのは、「心配しているフリをする大人」であり、心配しているという嘘を平気でつく大人である。

なんて表面的な言葉。あなたのことなんて大嫌い、どうでもいいと言われた方がはるかにすっきりする。

「あなたはね、やればできるんだから。1年生の時の成績はすごくよかったじゃない」

どうして大人はこう、そろいもそろって同じことを言うのだろう。「やればできる」。そんなことはユカが一番良く知っている。やればできるからやらないのだ。もし、人並み以上にやらなければできないんだったら違《ちが》うかもしれない。でも、ユカは違う。やればできるのだ。だから、やらない。必要な時にやればいいんだから。ただ、今のユカには良い点数も、成績も必要ないだけだ。

「分かりました」

もう、話していてもむだだと思った。

「分かってくれた？」

教師は心底安心した顔をする。

「はい。明日からはちゃんと学校に来ます」

ユカはかばんを持って席を立った。

6　親に　連絡するわよ

教室に戻《もど》ると、真美《まみ》と愛貴《あき》がユカを待っていた。

「どうだった？」

2人がユカに聞いてくる。

「相変わらず。学校来いとか、髪《かみ》染《そ》めろとか。ほんと、うるさいんだよねー、あの女」

ユカはどすんといすに座《すわ》り、ため息をついた。

「なんかさあ、親に連絡《れんらく》するみたいなことも言ってんだよね」

「まずいじゃん」

「うん……。真美と愛貴はどうだった?」

「ユカと同じような話」

真美が答える。

「愛貴は?」

「うん、私も同じような話」

本当だろうか。ユカ思った。真美も愛貴も、ユカよりははるかにまじめに学校に来ているの。だから、担任だって真美と愛貴にはそんなにうるさくは言わないんじゃないだろうか。

ユカは真美も愛貴も嫌《きら》いじゃない。友達だと思ってる。学校の中で友達と言えるのはこの2人くらいしかいない。ほかの子達とは全然話が合わない。2人以外はユカに話し掛《か》けてくることもほとんどない。ユカのことを遠巻きに見ていることの方が多い。だから学校にいる時はほとんど真美と愛貴と過ごす。メールも毎日やりとりする。だけど、どっかで2人のことも信用できない。なぜかと言われると困るけれど。2人ともユカに本音《ほんね》を言ってない気がするのだ。もちろんユカだって本音を言ってはいないけれど。

「しようがないから、しばらくはまじめに来よっかな」

「そうした方がいいんじゃない？」

愛貴がぽつりと言った。

「愛貴はまじめだもんねー」

「そんなんじゃないけど……」

ユカの言葉がいや味に聞こえてしまったようで、愛貴は視線をそらした。そうなのだ。愛貴は本当はまじめなくせに、まじめと言われるのを嫌《いや》がる。そんな愛貴の態度が時々すごくむかつく。

「ところで、今日はどうする？」

場の雰囲気《ふんいき》を変えるように、真美が明るい声で言った。真美はこういうところはすごく気が利《き》く。

そう、暗い、暗い。こんな暗い雰囲気、ユカは好きじゃない。

「なんか担任むかつくし、パーッと遊びにでも行く？」

真美は続けて言う。

「そうだねー。とりあえず渋谷《しぶや》、行こっか」

3人はかばんを持って教室を出た。

けれど、渋谷に出てもユカの気分は晴れなかった。真美がいろいろ気を使って、盛《も》り上げようとしてくれるのは分かった。愛貴も一生懸命《けんめい》明るくしてる。

「どうする？　カラオケ？　それとも男の子呼び出しておごらせる？　サイトでオヤジひっかける？」

真美は明るく言う。

「うーん」

だめだ。今日のユカはどの気分でもない。何をする気にもならない。

「ごめん、今日、私、帰るわ」

「えー?　なんで?」

ユカの言葉に真美が慌《あわ》てる。

「なんか学校行ったら疲《つか》れちゃった。帰って寝《ね》たい」

「そっかあ……」

「ごめんね」

ユカは真美と愛貴に背を向け、駅に向かって歩き始めた。

家の近くのコンビニでお菓子《かし》を買い込《こ》み家に帰ると、母はまだ帰っていなかった。最近、母は忙《いそが》しそうで、帰りも遅《おそ》いことが多い。部屋に入ってテレビをつける。何年か前に部屋にテレビを買ってもらってから、ユカはリビングで過ごすことはほとんどなくなった。

誰《だれ》かと話したい。ばく然とユカは思った。真美でもなく愛貴でもなく、もちろん母や父でもない誰か。ユカはかばんから携帯《けいたい》を取り出した。

「誰か、話し相手になってくれませんか?」

それだけ書いたメールをサイトに送った。

数十分後、ユカは顔も知らない28歳《さい》の男とメールで会話を始めていた。

7　ちゃんと　そういうのが　礼儀だろ

知らない人にだと、どうしてこうも素直《すなお》になれるのだろう。ユカはいつも思う。時々ユカはこうして知らない相手とメールのやりとりをする。時には相手の携帯《けいたい》を教えてもらい、電話で話したりもするが、たいていはメールだけだ。

「だから今日はなんかイヤな気分なんだ」

それだけ送るとすぐに返信が来る。

「そっかあ。大変だったんだね」

「うちの任任、ほんと最悪なの」

「イヤな教師って多いよねー！」

「ほんとだよねー」

顔も知らない。どんな人かも分からない。それなのにメールだとすぐに親しくなれるから不思議だ。ずっと前から友達だったような気すらしてくる。

「なんか、友達もイマイチって言うか……」

「気が合わないの？」

「そうじゃないんだけど、なんか本音が話せないっていうか……」

「気を使っちゃうんだ」

「そんな感じかなあ」

＊　人は、心のどこかで自分の全てを受け入れてくれる、何でも話せる人を求めている反面、顔も名前も知らない人にだからこそ全てを話せる。知らない人だったら「嫌われる」という不安を抱かなくて済むから自由でいられるのだ。

　今日の相手はわりといい感じだ。たまに全然話が合わない男だったりすることもある。そういう時はユカはすぐに返事を送るのをやめてしまう。それで相手が諦《あきら》めてくれればいいが、しつこく送り続けてくるやつもいる。最後には「ちゃんと返事くらいよこせー」と怒《おこ》ってくる男もいる。「もうやめるのなら、ちゃんとそう伝えるのが礼儀《れいぎ》だ」と説教じみたメールを送ってくるやつもいた。

　いずれにせよ、ユカは無視し続けるだけだ。顔も知らない相手に何を言われようが気にならない。相手はメールアドレス以外はこっちのことは何も知らないんだから、つきまとわれることもない。あまり頻繁《ひんぱん》にメールが来るのはうざいけど、メールを拒否すれば済むことだ。

「今、どこにいるの?」

　ユカがしばらくボーッとしていると、相手からもう一度メールが来た。

「家。誰《だれ》もいないけど」

「一人なんだ」

「うん。その方が気楽。お母さんはうるさいだけだし」

「仲、悪いの?」

「うーん。悪いわけじゃないけど……。あんま話したくない」

「ユカちゃんの気持ち、分かってくれないんだ」

「そうそう!　そうなの。だからね、ユカの気持ち、分かってくれる人と話したかったの」

「そっかあ。ユカちゃん、寂《さび》しいんだね」

　寂しい?　そんなこと、思ったこともない。ただ、全《すべ》てが退屈《たいくつ》で面倒《めんどう》なだけだ。学校も、家も、担任も母親も、うざったいだけだ。

「ねえ、これから会わない？」

またただ。大体、最後はこうなる。

「俺《おれ》、ユカちゃんに会いたくなっちゃったよ」

相手がこう言い出したら潮時《しおどき》だ。今日のユカは、メールのやりとりをしたかっただけで、会う相手を探してるわけじゃない。メールを始めた最初のころは、気が合えば、会う約束をしたり、実際に会ったりもしたが、メールのやりとりで変に期待して会うと、たいていは期待はずれでがっかりする。すごいデブだったり、年をサバ読んでいて、すごい年寄りだったりしたこともあった。だからユカは最近はほとんどメールのやりとりだけで終わりにする。後は、「仕事」として会うか、おごってくれる人ならだれでもいい時か、だ。

それでも、今日の相手はかなり感じが良かったし、話も盛《も》り上がったので、会ってもいいかな、という気持ちが少しよぎる。でもやっぱり、今日はそんな気分じゃない。

「ごめんなさい。お母さん帰ってきちゃったから」

「そっかあ、残念。じゃあ今度は絶対会おうね！」

「はーい」

これでメールのやり取りが続く人もいる。だけど会わないままだといつの間にか終わってしまう。ユカの方もその場だけ楽しければいいと思っているから、知らない相手にメールを送り続けるのは面倒くさくなってしまうし、多分相手もそうなんだろう。

そう。面倒なら返事をしなければいい。終わりにしたければいつでも終わりにできる。それがメールの便利なところだ。

今日の相手はどうしようか。メールだけは続けようか。1回くらいは会ってみようか。まあ、そんなことも次にメールが来た時に考えればいい。ユカは携帯を充電《じゅうでん》器に置いた。

8　ああいう子とは　お付き合いしない方が

「ユカ、最近ちゃんと学校来てるじゃん。偉《えら》いね！」

真美《まみ》は机の下で携帯《けいたい》を操作し、ユカにメールを送った。

「もうマジ眠《ねむ》いし、だるいし、かったるい。早く授業終わんないかなー」

授業中、メールを送り合うのもいつものことだ。先生が黒板に向いてる時なんかに机の下でさっとやればバレない。でも、本当は先生も気づいていて、注意してもしようがないと諦《あきら》めてるのかもしれない。真美は続けてユカにメールを送った。

「ところで、今日はどうする？　この間、ユカ帰っちゃってつまんなかったよー」

「ごめん、ごめん。今日は、遊ぼうよ。今度は真美の番でしょ？」

ユカからのメールに真美はハッとする。遊ぶお金を稼《かせ》ぐのは交代《こうたい》で、というのはいつの間にか決まりごとのようになっている。

「そうだっけ……」

真美は自分のことをユカや愛貴《あき》ほど可愛《かわい》くないと思う。だからサイトでオヤジをひっかけてもうまくいかないんだと思う。実際に、待ち合わせしてすぐに「あ、用事思い出した。また今度ね」と帰られてしまったこともあった。その時は結局ユカが代わりに別の男を呼び出して稼《かせ》いでくれた。

それに、怖《こわ》い思いもしている。食事だけで逃《に》げてこようと思ったのに、食事を終えて帰ろうとしたら、「これだけで済《す》むと思うなよ」と脅《おど》され、無理やりホテルに連れ込《こ》まれそうになった。相手の男を突《つ》き飛ばして、全速力で逃げて来たけど、ほんとうに怖かった。相手はなんとなくガラの悪そうな男だったので、いまだにどこかで偶然《ぐうぜん》会ってしまったらどうしようかとびくびくしてる。

「そうだよ。真美の番だよ」

ユカのメールを見て、真美はため息をつく。ユカがそう言うんじゃ仕方ない。

「そうだったね」。真美は諦めてメールを送った。

真美はユカに逆らえない。ううん、愛貴にだって逆らえない。2人が怖いわけじゃない。2人とも真美には優《やさ》しい。だけど、2人の言うことに「Ｎｏ」と言えない。そんなこと言ったら嫌《きら》われて、もう友達でいてもらえなくなるような気がする。ユカも愛貴も、真美より全然可愛くって、頭も良くって、ブランド品もたくさん持ってる。かっこいい男の子の友達もたくさんいる。2人に嫌われたくない。ユカと愛貴といれば、2人に寄ってくるかっこいい男の子たちとも遊べるし、ごちそうもしてもらえるし。何より、ユカと愛貴と一緒《いっしょ》にいると、自分まで可愛くなったような気がしてくる。2人と友達でいることは、真美の自慢《じまん》なのだ。だから絶対に2人には嫌われたくない。

この間の面談で、担任は、真美に言った。

「あなたは、タイプが違《ちが》うでしょう？　お付き合いしない方がいいんじゃない？」

担任がユカのことを言っているのか、愛貴のことを言っているのか、2人のことを言っているのかよくわからなかったが、確かに、真美は2人よりもぜんぜん地味だ。クラスメートたちも同じようなことを言っているのを知っている。でもきっとみんなうらやましいんだと思う。ユカや愛貴と友達でいられることが。

放課後になると、愛貴が今日は都合が悪いと言い出した。

「マジ？　愛貴、だめなの？」

「ごめん。今日は行かなきゃいけない所があるんだ。また今度ね」

愛貴はこういうことがよくある。愛貴の家はお金持ちみたいで、習い事なんかもたくさんしているらしい。こういう断りの言葉をさらっと言えてしまう愛貴が真美にはうらやましい。愛貴がそう言うなら、真美も本当は今日はまっすぐ帰りたい。ユカが帰ろう、と言い出してくれるのを期待して待った。

「じゃあ、しようがないね。今日は真美と２人」

今日のユカは遊ぶ気十分らしく、帰るとは言ってくれなかった。

真美は諦めて一緒に歩き出した。

9　36歳　独身　食事して　ちょっと手でも握らせて

どう考えても目の前にいる男は最悪だ。

真美《まみ》は今、つい2時間前に出会い系サイトへの返事のメールの中から、ユカと選んだ男といる。別にユカは真美への意地悪でこの男を選んだんじゃないだろうとは思う。確かに真美もメールを見た時にはそんなにひどいとは思わなかった。しかし、どう見ても最悪。

メールには36歳《さい》と書いてあったのに、外見はもっとオヤジに見える。老《ふ》けてるだけかもしれないけど、もしかしたらサバを読んでるのかもしれない。おまけにすっごいデブ。さっきからしきりにおしぼりで汗《あせ》をふいてる。真美にとってはこの店の冷房《れいぼう》は寒いくらいなのに。しかも不潔《ふけつ》。ちゃんとお風呂《ふろ》に入ってるのか、髪《かみ》の毛も脂《あぶら》ぎってて、フケもひどい。眼鏡《めがね》も曇《くも》ってる。

ああ、最悪。別の男にすればよかった。ユカがほかの男を選んでくれればよかったのに。

「36歳、独身かあ。いいんじゃない？　お金もってそう」

メールを見ながら、男を選んでいる時、ユカは言った。

「食事して、ちょっと手でも握《にぎ》らせて、『また会いたいですう』とか言ってやれば、1万くらいはくれるでしょ」

「そう?」

真美はもう一度男からのメールを見た。たいしたことは書いてない。年齢《ねんれい》と職業と、今日は時間があるってこと。

「そんなもんでしょ。だって36歳で、若い子と遊びたいんでしょ？　1万ぐらいは覚悟《かくご》してるでしょ、普通《ふつう》」

「そうかなあ」

「そうそう。2万くらい払《はら》ってもらってもいいけど、まあ初めて会うんだしね。1万でよしとしよう」

「大丈夫《だいじょうぶ》かなあ」

「真美、何心配してんの？　メールもまじめそうだし、危なかったら逃《に》げてくればいいんだから」

「逃げてくるの?」

「あったりまえじゃない。前みたいなことがあったら、殴《なぐ》ってでも逃げるのよ。その前に、危なそうな男だなと思ったら、トイレ行くとか言って、そのまま帰ってきなよ」

「うん……」

確かにユカはそう言った。どうしようか。危なくはないかもしれないけど、本当に、この男、気持ち悪い。一緒《いっしょ》にいるだけで嫌《いや》な気分になってくる。逃げようか？　でも、お金ももらわずに帰ったら、ユカは何て言うだろう。

「えー、マジ？　全然もらわずに帰ってきたの？　最悪、真美」

そう言うような気もする。どうしよう、そんなこと言われたら。嫌《きら》われちゃう？　もう遊んでくれない？　それに、もし、愛貴《あき》に話したら？　愛貴はなんて言う？

「それくらい我慢《がまん》しなきゃだめじゃない。仕事なんだから」

いつもクールな愛貴はそう言うかもしれない。

ドキドキする。怖《こわ》い。この男がどうこうじゃなくて、ユカと愛貴に嫌われてしまうのが。

「真美ちゃん、聞いてる?」

男が何か話していた。汗をふきながら、眼鏡をふきながら。聞いていなかった。

「ごめんなさい。今ちょっと考えごとしてて」

「そうなんだ。ねえ、この後どうする?」

「この後?」

「うん」

テーブルの上を見る。もうお皿《さら》はほとんど空になっている。これ以上食事を続けるのは無理だ。真美は制服だからお酒を飲むのも無理だし。

さあ、これからが勝負どころ。真美の一番苦手なところ。電話が鳴った。ユカからだ。

「ごめんなさい」

言いながら、真美は席を立つ。

「どう?」

ユカの声が音楽と人の声の中から聞こえる。

「うん、今から切り出してみる」

「大丈夫そう?」

「分かんないけど……」

「今さあ、マコトたちとクラブにいるの。早く真美もきなよ」

「うん……」

「やばそうな男なの?」

「そうでもない。多分」

「じゃあ、早くね」

切られた電話を真美は見つめる。早く、しないと。そう、思いながら、真美は席に戻《もど》った。

10 残念だなあ　もう少し一緒にいたかったんだけど

席に戻《もど》る真美《まみ》を見つめる男。真美が、ユカから教わった通りの言葉を吐《は》き出すと、男はものすごくがっかりした顔をした。

「そうかあ。僕《ぼく》はもうちょっと一緒《いっしょ》にいたいんだけど……」

「ごめんなさい、本当に」

「……」

真美は男の言葉を待った。次に何て言うだろう。怒《おこ》り出す？

「仕方ないよね、お母さんが待ってるんじゃ。早く帰った方がいいね。お母さん心配しちゃうしね」

予想外の言葉に、真美は戸惑《とまど》った。いい人なんだ、この人。

「すごくさ、楽しかったよ。ありがとうね、来てくれて」

罪悪感が真美を襲《おそ》った。お礼を言われるなんて。楽しかったって言われるなんて。真美はお金のために来たのに。ずっと黙《だま》ってて、楽しませようなんてしてないのに。

「僕さ、こんなだから、デートしてくれる女の子、ずっといないんだ。今日も真美ちゃん、僕を見たら帰っちゃうんじゃないかってすごく心配だった。だから来てくれてうれしかったし、一緒に食事もしてくれて、すごくうれしかった」

ずきん。真美の心が少し痛んだ。この人、本当に喜んでくれてる。なのに、私、ひどいことしてる。ごめんなさい、ごめんなさい。口に出せない言葉を真美は心の中で繰《く》り返した

「また、メールしますね」

「本当?」

「もちろんですよ。今日、すごく楽しかった。帰らなきゃいけなくて、残念」

これもユカから教わった言葉。必ず最後にはそう言うこと。もしかしたらまた次の仕事になるかもしれないから。そんな真美の思いを全く知らないから、男の顔がぱあっと明るくなった。

「良かった。そう言ってもらえて、うれしいよ」

男のうれしそうな顔がまた真美を苦しめる。もう、喜ばないで。真美は本当は男が何を話してたかなんて全然覚えてなくて、嘘《うそ》ついてるんだから。

「また、メールするよ、僕も」

「はい、真美も」

「気をつけてね。あ、これ、タクシー代」

男は真美に不器用にお札をつき出した。

「いいです、いいです」

ああ、こんなこと言ったら、きっと後でユカと愛貴《あき》に怒られる。そう思いながらも真美は男の手を押《お》し戻す。だって、さっき、携帯《けいたい》の電話代ってことで、もう2万円もらってる。

「いいよ、いいよ。気をつけて」

男はやっぱり汗《あせ》をふきながら、言う。ああ、やっぱり気持ち悪い、この人。でも。私なんかと一

緒にいて、こんなに喜んでくれる。うれしそうにしてくれる。

走ってきたタクシーに男が手を上げた。真美はピョコンと頭を下げて車に乗る。

「〇〇まで」

男はさっき真美が言った嘘の真美の家の最寄《もよ》り駅を運転手に告げる。ドアが閉まる。男が手を振《ふ》る。真美も手を振る。

渋谷《しぶや》の混雑した道路をタクシーがノロノロと走りはじめる。ネオンが走る。青、黄、赤。

「〇〇のどの辺ですかあ?」

間延《まの》びした声で運転手が聞いた時に、電話が鳴った。ユカからだった。

「どうした?　大丈夫《だいじょうぶ》?」

ユカはいつだって心配してくれている。真美のこと、心配してくれている。

「うん、今タクシーの中」

「ほんと、良かった」

「タクシー代もくれて、3万円もくれたよ」

「マジ?　すっごい、真美。いいヤツだったじゃん」

「そうだね」

「待ってるからさ、早くおいでよ」

ユカが喜んでくれる。それだけで真美はうれしい気分になる。

「うん、すぐ行くね」

真美は電話を切った。

流れるネオンを見ていたら、さっきの男の顔がもう一度浮《う》かんだ。ダサい男だった。気持ち悪い男だった。でも真美といるのをすごく喜んでくれた。再びわき起こる罪悪感を真美はユカと愛貴の顔を思い浮かべて懸命にふりきった。

II　たくさん稼いで　一緒に遊ぼう

「きのう、すっごい楽しかったんだよー。愛貴《あき》も来ればよかったのに」。真美のはしゃいだ声で愛貴は顔を上げた。

「そうそう、真美ねえ、初めて会った男なのに、3万円ももらっちゃって。ねえ？」ユカが言う。

「すごいじゃない」

「そうでしょ？　真美のこと、そうとう気に入ったんだよね。その男」

「そんなこと、ないと思うけど」

「そうだよー。きっと次はもっとたくさんくれるよ」

「そうかなあ」

真美はうれしそうに、照れたように笑う。

「で、マコトたちとクラブで騒《さわ》いでさあ。夜中まで」

「よかったじゃない」

「愛貴も来ればよかったよね、ほんと。ね、真美」

「うん、おごってあげられたのに」

愛貴は少しだけ2人にほほえんで、読んでいた本にもう一度目を落とした。

「ねえねえ、愛貴、今日は？　忙《いそが》しい？」

まとわりつくように真美が聞いてくる。

「うん……」

愛貴は考える。今日は特に何もない。行けばきっと楽しいんだろうとは思う。でも、面倒《めんどう》な気もする。

「大丈夫《だいじょうぶ》だよ、今日は」

しようがないか。最近、ずっと付き合ってないし。家に帰りたくもないし。ユカと真美と一緒《いっしょ》にいるのは、時々たまらなく面倒だけど、ばか騒ぎするのは楽しい。何より、家にいるよりははるかにいい。

「じゃあさ、どうする？　サイトにメールする？」

真美が携帯《けいたい》を取り出す。今日の真美は妙《みょう》にはしゃいでいる。昨日、3万円もらったのがそうとううれしかったんだろう。確かに真美は失敗することも多い。まあ、それも仕方ないかなと愛貴は思う。真美は頑張《がんば》ってるけど、もともと顔が地味で、目立たない。性格も派手な方ではないと思う。愛貴は時々、派手好きなユカが真美と仲良くしてるのが不思議になる。

愛貴は携帯を取り出して、保存してあるメールを見た。

「うん……。サイトに送らなくても大丈夫かな。呼び出せるオヤジ、いるし」

愛貴も最初はメールでいろんな男を選んでいたが、そのうち、固定のオヤジができてきた。かなりお金があって、時間があって、何より愛貴のことを気に入ってくれている。食事をすればお金をくれるし、欲《ほ》しいものも買ってくれる。だから最近はほとんどサイトに飽《あ》きた時以外は、誰に連絡しても相手の都合がつかなかったりキープしているオヤジたちにメールは送らない。

そうなのだ。愛貴は、そういうオヤジたちといるのが苦痛じゃない。お金もあって地位もあるオヤジたちは、ばかじゃないし、すてきなお店にも連れて行ってくれるから。制服じゃ行けない店に行く時は、洋服まで買ってくれるし。話もまあまあおもしろい。中身のない話を繰《く》り返してる同年《ねん》齢《れい》の男の子たちより楽しいかもしれない。何より、余裕《よゆう》があるからガツガツしてない。下心があっても、それを出さない。

愛貴がキープしているオヤジたちはまあまあ見ばえもいい。高級なスーツに身を包み、外車に乗ってやってくる。だから一緒にいても恥《は》ずかしくない。

「いいよねえ、愛貴は。探さなくてもいるもんねえ」真美がため息まじりに言う。

「そんなこともないけど」愛貴はまた口の端で笑う。

「そうだよ。愛貴は、きれいだもんね」

真美がそう言う横で、ユカは窓の外を見ている。ユカは本当はプライドが高い。だからこそ、真美と一緒にいるのが好きなのかもしれない。絶対的に、自分が優位でいられるから。そうなのだ。女同士の友情は心の中でちゃんと計算し、互いのメリットになることが前提で成り立っている。

愛貴は自分がきれいだということを知っている。顔立ちも大人びているので、私服になればＯＬにも見える。だからこそ、オヤジたちは愛貴といるのが好きなんだ。愛貴を連れていることが自慢《じまん》になるから。そして、そういう愛貴のことを、ユカは本当は気に触《さわ》って仕方がない。それでもユカが愛貴といるのはユカなりにメリットがあると思っているからなのだろう。例えば、愛貴がオヤジ達からもらってくるユカや真美が稼ぐよりはるかに多いお金とか。

「じゃあ、呼び出すわ」

愛貴は携帯を取り出しながら、ユカをちらりと見る。

「たくさん稼《かせ》いで、一緒に遊ぼうね、ユカ」

ユカが引きつったような顔で笑った。

12　今度は　いつ頃あえるかなあ

たとえば今日、愛貴《あき》が突然《とつぜん》死んだら、いったい誰《だれ》が悲しんでくれるだろう。愛貴は時々そんなことを考える。少なくとも、今、目の前にいるこのオヤジは、愛貴が死んだことなんて一生知らないまま終わるんだろう。突然連絡《れんらく》がとれなくなった理由が分からず、しばらくは気にするかもしれないが、愛貴がいなくなっても、この人の日々の生活も人生も何も変わらない。そのうち愛貴に代わる女の子を見つけるだけのこと。それと同じで、愛貴ももしこの人が突然死んでも、何も知らないままだろう。ううん、もし仮に知ったとしても、特に悲しみもしないだろう。今こうして話していると、とっても親しいみたいだけど、ほんとは中身は何も無い。そんな関係。

「でね、来月はゆっくりハワイに行ってこようかと思っているんだ。ハイ・シーズンは日本人ばっかりだけど、時期と場所を少し外せば、結構ゆっくりできるからね。たまには家族から離《はな》れて、一人でのんびり過ごそうと思うんだ」

45歳、会社経営者。自分で起こしたコンピューター関係の会社は順調。妻も子もいる。初対面の時に男はそう自己紹介《しょうかい》した。でも言っていることが本当かどうかは分からない。愛貴も、別に本当のことを知りたいとは思っていない。愛貴だってたくさん嘘《うそ》をついているし。

「ハワイかあ、いいなあ」

「愛貴ちゃんは行ったことある?」

「ハワイは、ないなあ」

これも嘘。ハワイなんて小さい頃家族で何回も行った。

「そうなんだ。いやあ、じゃあ連れて行ってあげたいなあ。一緒《いっしょ》に行こうか?」

本気で言ってるんだろうか。どうせ断ると思っているから言っているんだろう。愛貴は試《ため》してみたくなった。

「えー、ほんとですかあ。うれしい。ハワイ行けるなら、私、学校も休んじゃいます」

愛貴が無邪気《むじゃき》を装《よそお》って言うと、男の顔に一瞬困惑《こんわく》の色が浮《う》かび、そして焦《あせ》ったように言った。

「あ、ほんと?　うん、僕《ぼく》もうれしいよ。でも、まだ日程とかは決まっていないんだよね。そ、それに仕事次第《しだい》で行けなくなるかもしれないし」

なんだ、やっぱり嘘か。一人とか言ってるけど、どうせ妻と子を連れて行くんだろう。しかし、何でこう男たちはそろいもそろって口ばっかりなんだろう。ま、愛貴だってこんなオ

＊　人を信じられなければ、続いてゆく、深まってゆく関係など信じられない。人に絶望し、未来に絶望した時、子どもはどうするだろうか。利那的で享楽的な、失っても傷つかないような人間関係の中につかの間の自由を得ようとするかもしれない。

ヤジと何日も一緒に過ごしたいわけじゃないから、本気だったらかえって困るけど。

　こいつにもそろそろ飽《あ》きて来たかな。愛貴は男の顔を見ながらそう思う。最初は確かに、まあまあおもしろかった。パソコンのことも教えてくれたし。いろんな所に連れて行ってもくれた。多分、本当にお金はあるんだろう、何でも買ってくれたし、外見も悪くはない。まあまあ気にいっていた。でも、そんな男はほかにもいる。どんなに気に入った洋服だって、何度も着ていれば飽きてくる。100着気に入っている洋服があっても、101着目は欲《ほ》しくなるし、古い物は飽きてくるから、着なくなって、いつか捨てる。男たちだって同じだ。飽きれば捨てて、新しいのを補充《ほじゅう》する。それだけのこと。

「じゃあ、そろそろいこっかな」

　愛貴はかばんに手を伸《の》ばした。ユカは真美《まみ》は男といる時に互《たが》いに電話して、その電話をきっかけに帰ってくるらしいけれど、愛貴はそんなことはしない。別に電話なんてしてもらえなくても、自分で帰れる。変に電話がかかってくる方が、わずらわしいし、タイミングが悪い時もある。

「もう帰っちゃうんだ?」

　そう言いながらも男は財布《さいふ》を出して会計をしようとしている。こういうさっぱりしてるところも気に入ってはいるんだけど。

「今度はいつごろ会えるかなあ」

「うーん」愛貴は考える。切り時かな。

「今度、ゆっくり時間がある時に連れて行ってあげたいお店があるんだよ。京都だから、時間かかるけれどね」

愛貴の気持ちが少し揺《ゆ》らいだ。京都か。お金もたくさんくれるんだろうな。

「いやあ、僕はほんと、ラッキーだよ。愛貴ちゃんみたいにきれいな子と知り合えて。そうそう、この間欲しがってたバッグね。車の中にあるんだよ。」

やっぱりこの男はもう少しとっておこう。愛貴は男に向かってにっこりほほ笑《え》んだ。

II

嫌じゃないけど　ヤバソウ

13 母さんから　メール来てたぞ

家に着くと午前〇時近かった。家の中はひっそりとしていて、電気もすべて消えていた。愛貴《あき》はダイニングとリビングを通り過ぎ、階段を上がって自分の部屋に入った。

大きな紙袋《かみぶくろ》をどさりとベッドの上に置く。今日会っていたオヤジがプレゼントにくれた物。愛貴が前から欲《ほ》しいと言っていたブランド物のバッグと、そのオヤジが愛貴に「似合う」と思ったという洋服。

愛貴はベッドの上に座《すわ》り、ガサガサと紙袋を開ける。バッグは可愛《かわい》い。確かに愛貴が前から欲しがっていたデザインだ。洋服もまあまあ。服を試《ため》しに着てみようかと思ったが、面倒《めんどう》になり、愛貴はクローゼットの戸を開けた。バッグを洋服の後ろに隠《かく》れるようにしまう。洋服も、見えないように、服と服の間に掛《か》ける。

「さすがにまずいかな……」

何もかも、増えすぎている。服もかばんも靴《くつ》も、親に内証《ないしょ》の物が多すぎる。これじゃあ、バレるのも時間の問題だ。

「しょうがない、捨てるか」

いらなくなった服やバッグを、ユカや真美《まみ》にあげることも考えた。でも、それもなんとなく悔《くや》しい。愛貴なりに努力して、苦労して手に入れたものだ。それをユカや真美がなんの努

＊　どれだけ物があっても足りない。もっと欲しくなる。物やお金への極端な執着は愛情欲求の置き換えである場合が多い。本当は愛情で満たしたい心という器は物やお金では決して満たされない。だから物やお金への執着はますますエスカレートする。

力もせずに手に入れるのも気に入らない。それを使っているのを見たらもっと気分が悪い。だったら捨ててしまった方がまだいい。それに、もらった方もあまり気分が良くないだろう。少なくとも、ユカは。

捨てる物を選ぼうと、いくつかの服やかばんに手を触《ふ》れ、やっぱり面倒になり愛貴はクローゼットを閉めた。別に今日やらなくてもいい。

階下に下り、ダイニングの明かりをつけると、食卓《しょくたく》の上には2人分の食事が容易され、ラップがかけてあった。ヨコには通いの家政婦からの簡単なメモが添《そ》えてある。愛貴は自分の椅子《いす》の前に置かれたすべての皿のラップをとり、迷わず流しのコーナーに捨てた。皿を流しに置き、リビングのソファに座り、オーディオをつけた時、玄関《げんかん》のドアが開く音がした。兄の悟史《さとし》だった。

「いたのか」

悟史はちらりと愛貴を見てつぶやいた。愛貴もまた、ちらりと悟史を見て、視線を外した。

小さいころは仲が良い兄妹だった。愛貴は悟史のことが大好きだった。頭が良くて自慢《じまん》のお兄ちゃん。何でも出来るお兄ちゃん。何でも知っているお兄ちゃん。愛貴はいつも悟史にまとわりついていた。そんな兄はエリートコースを順調に歩み、第一志望の日本一と言われる大学にストレートで合格した。

「母さんから、メール来てたぞ」

悟史はいつの間にか食事を始めていた。

「何だって?」

愛貴は読みはじめた本から視線を外さずに言った。

「自分で読めよ」

いつもいない母は、メールだけは頻繁《ひんぱん》に送ってくる。でも大半は兄あてで愛貴へのメールはほとんどないのも愛貴は知っている。

「面倒くさい」

「パソコン開けばいいだけだろう」

愛貴はリビングの隅《すみ》に置かれたパソコンに目をやった。母からのメールが入っていると思うだけで、その存在が疎《うと》ましく思える。

悟史は愛貴がパソコンに向かわないのを確認《かくにん》するかのように、しばらく間を置いてから言った。

「後で見ろよな」

背後で悟史が椅子から立ち上がる音がする。ガチャガチャと食器を片づける音。

「お前さあ」

悟史の声が響《ひび》く。愛貴は後ろを振《ふ》り返って悟史を見た。

「食べないのは勝手だけど、捨てるなら、見えないようにしろよな」

悟史はシンクの前に立ったまま、愛貴の捨てた食事を見ながら言った。愛貴は再び読んでいた本に視線を戻《もど》し、流れている音楽に意識を戻そうとした。

「それからさあ」

悟史の笑いを含《ふく》んだ声が愛貴の集中を妨《さまた》げた。愛貴はもう一度振り返った。

「お前、タバコ臭《くさ》いな」

目の先に、兄の冷たい笑顔があった。ああ、この人は、この兄は、いつからこんな目で私を見るようになったんだろう。すべてを知っている。そしてばかにしている、侮蔑《ぶべつ》に満ちた目。愛貴は黙って本を閉じた。

14
なんで　そんなに心配しているの

変わらぬ日常。退屈《たいくつ》な毎日。見知らぬオヤジたちからどれだけたくさんの金をもらっても、その金で深夜までばか騒《さわ》ぎをしても、ユカと真美《まみ》と愛貴《あき》の3人には、どうしようもないやるせなさと、むなしさがいつも体のまわりにまとわりついていた。それでも3人は繰《く》り返す。オヤジを探し、金をねだり、その金を湯水のように使う。

人間は刺激《しげき》を求める生き物だ。同じことの繰り返しでは、いつか飽《あ》き足らなくなり、より強い刺激を求めるようになる。

最初は刺激的だった出会い系サイトも、見知らぬオヤジたちをだましてお金をもらうことも、今や3人にとっては退屈な日常の一つでしかない。ユカも、真美も、愛貴も、刺激に飢《う》えていた。

「あー、もう退屈」

ユカは思い切り伸《の》びをして、そのまま机につっぷした。

「始まったたね、ユカの退屈病」

愛貴はユカの後ろの席で、文庫本に目を落しながら言った。

「だってえ。退屈じゃない？　毎日ムチャクチャつまんなーい」

「なになに、何の話？　」

少し離《はな》れた所で、別のクラスメートと話をしていた真美が慌《あわ》てて走り寄って来た。

「んー？　退屈だって話」

「うんうん、退屈だよね」

「愛貴はいいよねー。特定のお金持ちのオヤジたちがいてさ、おいしい物も食べさせてくれるし、好きな物も買ってもらえるし」

ユカが後ろの席に向き直って言った。

「それも飽きたけどね」

愛貴の言葉に、ユカは珍しく積極的に「うん、うん」とうなずいた。

「そうなんだよねー。サイトでオヤジ見つけんのも飽きたよね」

「じゃあさ、誰《だれ》か男の子誘《さそ》って、遊びに行く？　」

真美が張り切って言う。

「それもねえ。なんかイマイチだよね」

「うーん」

乗り気ではない様子のユカを見て真美はまた考え始めた。

いつだって真美はユカのため、愛貴のために一生懸命《けんめい》だ。

「ねえねえ、あれ、やってみない？　」

ユカの声が小さくなった。

「あれって？」

真美はうれしそうに耳を傾《かたむ》けた。

「あれ。電車の」

愛貴が顔を上げてユカを見た。

「ユカが前からやりたがってたヤツ？　」

「そうそう。おもしろそうじゃない？　」

愛貴と真美は黙《だま》った。

「なに、やりたくないの?」

「ううん、そうじゃないけど……」

真美は慌てて否定する。そんな真美を見ながら愛貴が言う。

「やばいんじゃない、さすがにそれは」

「どうして?」

「サイトでオヤジひっかけんのとはわけが違《ちが》うでしょ。うまくいかない可能性の方が高い気がするし」

「大丈夫《だいじょうぶ》だよ。うまくいくって」

ユカは自信満々だ。

「ユカは前にやったことあるんだよね?」

真美が探るように聞く。

「うん、あるよ。全然、大丈夫だった」

ユカは自慢気に言う。愛貴は疑うような視線を投げた。

「愛貴は嫌《いや》なの？」

真美は2人のどちらの立場に立とうか迷いながら聞く。

「嫌じゃないけどね。ヤバそうってだけ」

「やばいかなあ」

「制服だしね。学校も相手にばれちゃうわけだし」

「オヤジと会う時だって制服じゃん」

「だからそれとは話が違うって。サイトのオヤジたちのことは多少なりとも喜ばせてやってんだし。これは違うでしょ」

「だから、大丈夫だって」

ユカは繰り返し言う。

「ほんとに大丈夫かなあ？」

さすがに真美も不安さを隠《かく》せない。

「もうやだなあ、2人とも。なんでそんな心配してるのよ。大丈夫だって」

ユカは2人の肩をポンと叩《たた》いた。

15　出来るだけ　真面目そうで気の弱そうなオヤジ

結局、真美《まみ》と愛貴《あき》はユカに押《お》し切られた。真美はいつも通り、嫌《きら》われたくないという思いに勝つことができなかった。嫌われてしまうくらいなら、嫌《いや》なことでもがまんしよう、そう思ったし、真美もユカの提案に興味はすごくあった。成功したらきっとすごく面白《おもしろ》いだろう。

愛貴は最後まで乗り気でなかったが、結局、退屈《たいくつ》さに勝てなかった。何か刺激《しげき》が欲《ほ》しかった。変化が欲しかった。何でもいいから、面白いことをしたかった。だから賛成した。それに愛貴だって、嫌われたくない気持ちは少しはあるのだ。

役割は自然に決まった。真美が電車の中でオヤジに近づき、悲鳴を上げ、痴漢《ちかん》にあったふりをする。ユカと愛貴が真美を助けるふりをしてオヤジを電車から降ろす。そしてオヤジを責める。3人がやろうとしているのは「痴漢詐欺《さぎ》」だった。

ユカも本当はやったことなんてない。テレビで見て、いつかやってみたいと思っていただけだ。でも1人じゃ怖《こわ》い。だからいつか2人を誘《さそ》おうと思っていたのだ。

「さあ、行こう!」

ユカは妙《みょう》にはしゃいでいた。

「出来るだけ、真面目《まじめ》そうで気の弱そうなオヤジにしなきゃね。強気に出られた困るもんね」

3人はラッシュアワーの混雑した電車に乗り込《こ》んだ。ユカが車内を見渡《みわた》す。狙《ねら》うオヤジも結局、ユカが決め、真美がタイミングを計ってオヤジに近づき、ユカと愛貴は少しだけ離《はな》れたところで様子をうかがいながら、真美の悲鳴を待った。

真美の悲鳴。近づく2人。

うまくいくはずだった。

そう、ユカのシナリオでは。うまく金をもらって、3人はその金で遊びに行く。そのはずだった。

それなのに。

「どうしたのかな？　早く駅長室でも警察でも行こうじゃないか」

オヤジが3人に向かってせきたてるように言う。3人は言葉を返せない。

こんなはずじゃなかった。ユカは唇《くちびる》をかみしめる。

真美があたかも痴漢にあったかのように、オヤジを電車から降ろすところまではスムーズだった。

ユカはその車両で一番気が弱そうに見えたオヤジに詰《つ》め寄った。

「どうしてくれんの？　かわいそうに、泣いちゃってるじゃん」

真美がうそ泣きをしている。

「どう責任とってくれんのよ。こんなにこの子のこと傷つけちゃって」

オヤジは何も言わない。

「出るとこ出てもいいよ、こっちは」

ユカは強気の姿勢を崩《くず》さなかった。

「警察、行く？　困るんじゃないの？　おじさん」

オヤジは黙《だま》ったまま、3人を見る。

「おじさんさあ、実は常習だったりするんじゃないの？　警察なんて行ったら困るんじゃない？」

「裁判なんてことになったら、家族にも職場にも知られることになるしね」

クールな愛貴の口調《くちょう》が効果的に響いた。

「私たちもさあ、別におじさんの人生めちゃくちゃにしたいわけじゃないんだけどね。でも、この子にひどいことしたんだから、責任とってもらわないと」

「それは、お金ってことかな」

オヤジが初めて口を開いた。

「それでがまんしてあげてもいいってこと」

ユカはオヤジの顔をもう一度見た。

「どうする？　警察行く？」

ここでオヤジは黙って財布《さいふ》を出すか、いくら払《はら》えばいいのか、おどおどと聞いてくるはずだった。そう、ユカの計算では。真美も、愛貴もそう思っていた。

「じゃあ警察に行こうか」

予想外の言葉がオヤジから出た。

「構わないよ、私は。裁判になっても」

オヤジは言葉をつづける。

「家族に、職場に知れたって構わない。私は何も後ろめたいことはないからね」

「だから警察でもどこでも行こうじゃないか。君たちの親御《おやご》さんにも連絡《れんらく》をとる必要があるし」

3人は黙ったまま、オヤジを見つめた。

16 警察でもどこへでも　行こうじゃないか

その中年男性は、3人をじっと見据《す》えて言った。

「さあ、警察でもどこでも行こうじゃないか」

3人とも言葉が出ない。その様子を確認《かくにん》して中年男性はさらに強気で言った。

「君たちくらいの年齢《ねんれい》の女の子たちが、私たちのようなおじさん相手にこういう方法でお金をたかるっていう話は聞いたことがある。家族や職場に知られるのが怖《こわ》くて、裁判になるのが怖くて、言われるままにお金を払《はら》ってしまう人が多いってこともね。でも、残念だったね、私は違《ちが》うんだ」

3人の様子を見て、男性はさらに強気になってゆく。

「私は絶対にここでお金を払ったりはしない。君たちが痴漢《ちかん》にあったと言い続けるならそれも構わない。最終的に僕《ぼく》が負けてお金を払うことになっても構わない。でも、僕は家族にも職場にも知られることになるんだ。だから、君たちの学校やお父さん、お母さんにも君たちのやっていることを知ってもらわないとね。そうしないとフェアじゃないだろう?」

男性はほほ笑《え》みすら浮かべていた。

「さあ、行こうか」

男性は3人に背を向けて歩き出した。3人は動くこともできず、その男性の背中を見つめていた。

愛貴《あき》が一番先に動きを起こした。足早に男性を追い掛《か》け、「もう、いいですから」と言って、さらに足を速めて歩き出した。ユカと真美《まみ》は慌《あわ》てて愛貴の後を追った。

「待ちなさい」

男性の声が3人を追う。3人は改札を出た瞬間《しゅんかん》、走り出し、駅をかなり離れた所でやっと足を止めた。乱れた呼吸を整えながら、3人は向かいあった。

何も言えなかった。笑い話にしてしまうには彼女たちは幼すぎたし、弱すぎた。恐怖が強すぎて「やばかったね」「怖かったね」などという言葉を口にすることすら出来なかった。

「帰るわ」

愛貴が言った。

「うん」

ユカと真美はうなづいた。

黙《だま》ってタクシーを止める愛貴。見送る2人。そしてタクシーが走り去った後、2人は別々の方向に歩き出した。

それぞれが恐怖を消せないまま、日々は過ぎた。

事件から1週間が過ぎ、3人の恐怖も和《やわ》らぎ始めた。「どっか遊びに行こうかー」。そんな言葉をようやく言えるようになったころ、学校に行くと、教室内がざわめいていた。ユカが教室に入ると、ざわついていた教室が一瞬《いっしゅん》、静まり返った。

「おはよ」

たいして仲良くはない、そこにいたクラスメートに声をかけたが、返事はなかった。ユカが席につくと、1人で席に座《すわ》っていた真美が走り寄ってきた。

「おはよ。何かあったの?」

「分かんないけど……」

「ねえねえ、知ってる?」

2人の側《そば》に、4人のクラスメートが近寄ってきた。

「何かさあ、学校に苦情があったみたいよ」

「苦情?」

「そう。うちの学校の生徒に痴漢詐欺《さぎ》にあった、って電話」

ユカと真美は凍《こお》りついた。

「朝、職員室行ったら、先生たち、顔ひきつらせながらコソコソ話してた」

「ほんとなの?」

真美が尋《たず》ねる。

「ほんと、ほんと。先生たち、犯人捜《さが》しに大騒《さわ》ぎ」

クラスメートは笑う。

「誰《だれ》なんだろうねー」

その言葉には明らかにあざけりが滲《にじ》みでいる。絶対に3人が犯人だという確信。そして「ざまあみろ」というあざけり。ユカと真美は言葉を失ったまま、ようやくやって来た愛貴をすがるように見つめた。

17
昨日　学校に匿名の電話がありました

「ふうん」

2人の話を聞き終えて愛貴《あき》はつぶやいた。クラスメートが聞き耳を立てているので3人は廊下に出ていた。

「どうしよう？　まずいよねえ」

さすがにユカも動揺《どうよう》している。真美《まみ》は愛貴とユカの顔を交互《こうご》に見つめている。

「大丈夫《だいじょうぶ》じゃない？」

愛貴は長い髪をかき上げながら軽く言った。

「え？」

愛貴の意外な言葉にさらにユカは目を見開いた。

「だって、証拠《しょうこ》がないでしょ。私たちだって。名前言ったわけじゃないんだから」

「うん……。でも、顔は見られてるじゃない？」

「顔だけでしょ？　顔だけで捜《さが》せると思う？」

「捜そうと思えば、捜せる、でしょ？」

真美が自信なさそうに言う。

「うちの学校に何人の生徒がいると思ってんの？　全員の顔見て、その中から捜せる？　だいたいオヤジなんて、私たちくらいの女の子の顔、区別つかないって」

「そうかなあ……」

「そうよ。それに、全員の生徒の顔を確認させるなんて、そんなの先生たちだって許さないわよ」

ユカと真美はまだ不安そうだ。

「相手だって、犯人捜ししたいわけじゃないんじゃない？　単に学校に苦情言いたかったんでしょ。制服で学校分かったから、一言文句言ってやろうって。そんな感じよ、きっと」

愛貴は2人を見る。

「仮に犯人捜ししようとしたってさ、私たちのやったこと、罪になんないって。お金もらったわけじゃないんだから。ほんとに痴漢《ちかん》だと思った、って言い通せばそれ以上何も言えないって」

ユカと真美が弱々しくうなずき、3人は教室に戻った。

愛貴は手を握《にぎ》り締《し》める。じっとりと汗《あせ》をかいている。本当は愛貴だって死ぬほど怖《こわ》い。ただ、ユカと真美の前では怖がっている姿をみせたくなかった。だから精いっぱい強がっただけだ。バレたらどうなるんだろう。退学だろうか。いずれにせよ、親には絶対に連絡《れんらく》が行く。兄はなんて言うだろう。またさめた目で愛貴を見て、冷ややかに笑うんだろうか。母は何て？　そして父は？　それだけは、それだけは絶対に避《さ》けたい。家族に知られることだけは。

大丈夫、大丈夫。犯罪になるわけじゃない。愛貴はさっき自分で言った言葉をもう一度頭の中で繰《く》り返す。自分自身に言い聞かせるように。

ユカも席に戻って安心できないまま考えを巡《めぐ》らせていた。

愛貴はああ言ったけど、きっとセンセーたちは、ユカたち3人がやったって思っているに違《ちが》いない。ユカたちを追及《ついきゅう》するかもしれない。

停学？　ううん、退学かな。そうしたらどうしよう。どっちにしろ、親も呼び出される。ああ、どうしよう。

真美は自分の席でしきりに体を抱《だ》きかかえるようにして腕《うで》をさすっていた。どうしよう、どうしよう。きっと退学だ。お父さんもお母さんも呼び出されて。真美はぎゅっと自分の腕をつかむ。体が震《ふる》える。視線を腕に落とすと、まだ生々しい切り傷が目に入った。真美はそっとその傷をなぞった。

授業開始のベルが鳴っても、担任はしばらくやって来なかった。教室内はざわついていた。愛貴も、ユカも、真美も、クラスメートの視線がチラチラと3人に向いているのに気づきながら、気づかぬ振《ふ》りをしていた。

15分ほど遅《おく》れて、担任は汗をふきながら教室に入ってきた。

「起立、礼、着席」

おざなりな号令が響《ひび》き、生徒たちが座《すわ》ったのを確認《かくにん》して、担任は口を開いた。

「お話があります」

担任はまだ汗をふいている。

「昨日、学校に電話がありました。匿名《とくめい》でしたが」

言葉を切る担任。興味津々《しんしん》のクラスメートの顔。

「うちの学校の生徒に痴漢詐欺《さぎ》にあった、と。うちの制服を着ていて、3人だったという電話でした」

クラスメートの笑いを含《ふく》んだ視線が愛貴、ユカ、真美に向く。

「先生たちは、信じたくありません。でも、以前から、うちの学校の生徒が、援助交際《えんじょ》をしているという電話も入っていました」

担任はため息をついた。

「センセー、誰《だれ》がやったか、調べないんですか?」

愛貴とユカの大嫌《きら》いなクラスメートが叫《さけ》ぶ。2人に媚《こ》びを売るように近寄るくせに、裏で悪口を言っている女。

「対応は、検討中です」

女性教師の声が、静かに響いた。

18

そんなに痩せているのに　ダイエット中なんて

「誰《だれ》がやったんだろうねー」

担任が出て行った後の教室内に声が響《ひび》く。愛貴《あき》とユカの大嫌《きら》いな女がわざと聞こえるように、大声で話している。

「やった子たち、今そうとう焦《あせ》ってるんじゃない?　バレたら退学、間違《まちが》いないもんねー」

彼女《かのじょ》も裏ではかなり遊んでいるらしい。売春しているという噂《うわさ》も聞いたことがある。でも、あまり目立たない。愛貴から見れば、目立たずにいられるんだからうらやましいくらいだが、本人は目立たないことが気に入らないようだ。愛貴たちの方がはるか目立っていることが悔《くや》しくてたまらないのだ。だから愛貴たちに近寄っては来るけれど、仲間に入れないので、余計《よけい》に悔しがっているのが分かる。裏でいろいろ悪口を言っているのもそのせいだろう。でも、実際に、自分のやっていることがバレたら、慌《あわ》てふためくんだろう。愛貴は聞いているのがばからしくなって本に目を落とした。

その子は愛貴が本を読み出したのに気づいたからか、ユカのそばに近寄って行った。

「ねえね、ユカは誰がやったと思うー?」

ユカの机の上にあごを乗せ、横にしゃがみこんだ。

「さあ」

「興味ない?」

「あんまり」

「そうなんだー」

彼女は本当に楽しそうに笑った。

「でも、これからきっと犯人捜《さが》しだよね。先生たち、どうやって捜すんだろうね」

「捜さないかもしれないじゃない」

「そんなことあるわけないじゃない。学校としてもしめしがつかないでしょう。うちの学校のイメージが悪くなるし。退学させなきゃ済まないよ」

ユカは黙《だま》った。やっぱり、そうなのだろうか。愛貴は大丈夫《だいじょうぶ》だと言ったけれど。しかし、この女、うざったい。ユカの反応を見て楽しんで、どうせ裏でユカたちが犯人だと言いふらすに決まってる。

ユカは席を離《はな》れるきっかけを造るために愛貴の方を見たが、愛貴は本から視線を外そうとはしない。真美《まみ》の方を見ると、真美はなぜか席にいなかった。

「あれ、真美は?」

「さっき、出ていったよ。なんか、気分悪いとか言って。どうしたんだろうねー」

気が済んだのか、クラスメートはユカの側《そば》を離れて行った。

ユカはもう一度真美の席を見た。具合が悪い？　何で今、そんなことをするんだろう。そんなことをすれば皆《みな》が疑うに決まってるのに。「私が犯人です」って言っているようなものじゃない。ユカは真美の行動に腹が立って仕方が無かった。後で文句を言ってやろう。

「貧血《ひんけつ》だと思うわよ」

保健室のベッドの上で真美は養護教諭《きようゆ》の声を聞いた。

「朝ご飯、ちゃんと食べた?」

「いえ……」

「食べなきゃだめよ。まさか、ダイエット中とか言わないわよね。そんなに痩《や》せてるのに」

「いえ……」

「あなたたち若い子って、痩せてるのにダイエットするのよね。先生には理解できないわ」

そういう養護教諭もまだ十分に若く、スタイルもいい。話が分かる、と生徒の中でも評判が良い。

「顔色、悪いわね。体調はずっと悪いの?」

「そういうわけじゃ……」

「貧血だとは思うけれど、念のためにちゃんと病院に行った方がいいと思うわ。検査もしてもらって……」

「大丈夫ですから」

真美は教師の言葉を遮《さえぎ》った。

「ありがとうございました。教室に戻《もど》ります」

「ちょっと待って……」

引き留めようとする声を後ろで聞きながら、真美は保健室を出た。

養護教諭には今の生徒が気になって仕方無かった。どう考えても顔色が悪すぎた。それに、あの腕《うで》の傷……。彼女は生徒の名前をもう一度確認《かくにん》してから職員室に向った。

個人面談と臨時保護者会が開かれるということを、愛貴、ユカ、真美の3人が知ったのは、それから2日後のことだった。

19 保護者会　行ってきたぞ

個人面談は3日にわたって行われた。学校にとってはかなりの緊急《きんきゅう》事態らしく、授業は午前中で終わり、3日間、午後はすべて個人面談に当てられた。授業中も生徒も教師もどこか落ち着かず、教師が教室から抜《ぬ》けることも度々《たびたび》あり、生徒の落ち着きのなさは拍車《はくしゃ》がかかる一方だった。

3人はあまり話をせずに過ごしていた。クラスメートたちには、余計に3人が犯人だという確信を深めたかもしれないが、そんなことを考える余裕《よゆう》もなかった。それぞれが不安を募《つの》らせ、寡黙《かもく》になっていた。

ユカだけは3人で話をしたかったのだが、何を言っても愛貴《あき》は「大丈夫《だいじょうぶ》よ」の一言で片づけてしまって相手にしてくれない。真美《まみ》には保健室から帰ってきた時に文句を言おうと思っていたのに、あまりに真美が具合が悪そうなので言いそびれてしまった。真美はその日以後、なぜか保健室に呼ばれることが多く、ユカは真美は本当に病気なのかもしれないと心配する反面、真美が保健の先生に本当のことをしゃべってしまったのではないかという不安も抱《いだ》いていた。

そんなユカも、個人面談当日は開き直っていた。ほかのクラスメートは出席番号順だったにもかかわらず、ユカ、愛貴、真美の3人だけが最後に回された。加えて、3人の面談だけ、生活指導の教師が同席することになっており、教師たちの疑いがあらかさま過ぎて、腹が立って仕方がなかった。

「じゃあ、何も心当たりはないの？　そういうことをしてるって噂《うわさ》を聞いたことも？」

どんなに疑われても証拠《しょうこ》がないのだから、直接「あなたがやったんでしょう？」とは担任も聞けないのだろう。遠回しな質問すべてに「知らない」で通したユカに、最後に担任はそう言った。担任と生活指導の目から疑惑《ぎわく》の色は消えなかったが、これ以上話してもむだだと思ったのだろう。

「じゃあ、もういいわ」

19　保護者会　行ってきたぞ

担任が言った。ユカが席を立とうとした時、生活指導の教師がつけ加えた。

「お前、服装とか、態度全般《ぜんぱん》に気をつけろ。評判、悪いのは分かってるだろう」

脅《おど》しだった。お前には目を付けてるぞ、そういうおどかし。

ユカは黙って視線を外した。

「それからね、保護者会、お父さんかお母さん、来て下さるのかしら。あなたのお家、返事が来ないんだけど……。何か聞いてる？　お父さん、お母さん、忙《いそが》しいの？」

「さあ」

ユカは大げさに肩をすくめて答えた。

本当だった。父と母にはしばらく会っていない。最近はユカが家に早めに帰っているのにもかかわらず、いつも誰《だれ》もいない。夜中に誰かが帰ってきた気配がする時はあるし、朝、時々、父には会うが、母には全く会わない。

「困《こま》ったわ……」

担任は言葉を続けていたが、ユカは何も言わずに頭を下げて部屋を出た。ユカが犯人だという証拠を教師たちは持っていない。ユカはそう感じて安心していた。これですべて終わってくれればいい。これ以上、何事もなく。

翌日、ユカが夕方、家に帰ると父が食卓《しょくたく》に座《すわ》っていた。父はドアの閉まる音にハッとして、顔を上げた。

「ユカか……」

父はもう一度視線を落とした。

「保護者会、行ってきたぞ」

「そう」

ユカは短く答える。

「大変なことがあったんだな」

「そう?」

ユカは確信する。父は、特に何も言われていない。そして、この気弱な父は、ユカのことを疑ってなどいないし、たとえ疑っていても、これ以上何も言わないだろう。

「ところでな、ユカ」

父の思いつめた顔を見ただけで、ユカには続く言葉がわかった。

「お母さん、また出てっちゃったよ」

ユカは何も言わずに2階に上がった。

20

じゃあ　お母さん行くから　お留守番してて

ユカには忘れられないシーンがある。

昼下がり。ユカは玄関《げんかん》に立ち、母を見つめていた。せわしなく靴《くつ》をはく母。その横には大きなスーツケースがあった。

「お母さん?」

ユカは何歳《さい》だっただろう。多分、5歳か6歳。まだ小学校にあがる前だ。幼いながらも母のただならぬ雰囲気《ふんいき》を察していた。

「お母さん？」

ユカはもう一度声をかける。2度目で母はようやくユカを振《ふ》り返った。

「お母さん、どこ行くの？」

母はその質問には答えなかった。

「じゃあ、お母さん行くから。ユカ、おりこうにお留守番しててね。もうすぐお父さん帰ってくるからね」

「お母さん、どこに行くの？」

ユカはもう一度尋《たず》ねる。必死に涙《なみだ》をこらえながら。

母は答えない。黙《だま》ってスーツケースを持ち、ドアに手をかけた。

「お母さん、ユカも行く」

ユカは声を振り絞《しぼ》った。母はため息をつきながらユカを振り返る。

「一緒《いっしょ》には行けないのよ。ユカはお留守番してて」

「お母さん、すぐ帰ってくる？」

「お母さん……」

母はその質問にも答えずに背を向けた。

ユカは母のスカートのすそをつかんだ。

「やだ。ユカも行く」

＊　親に置いて行かれたという体験は、子どもにとっては捨てられた体験となり心に深い傷を残す。大人になり、誰かを愛するようになった時、「きっといつかは捨てられる」という不安が拭い去れず、その不安に押し潰されそうになると、自分の方から相手を捨てるのだ。

歩きだそうとした母は、ユカの手が自分の行く手をはばんでいることに気づいて、明らかにいら立った声を出した。

「だめだって言っているでしょう。離《はな》して」

ユカはさらに強く母のスカートをつかむ。離してはいけない、そう感じた。今、母を行かせてはいけない。

「ユカ」

母は声を荒《あら》らげた。

「離しなさい」

冷たい口調だった。有無を言わさぬ口調だった。邪魔《じゃま》をしたら許さない。母の思いが伝わってきて、ユカは手を離した。母のスカートは、ユカの手をするりとこぼれてゆき、母は振り返ることもなく玄関を出て行った。

ドアが閉まると、ユカはせきを切ったように泣き出した。声を上げて泣いた。涙が止まらなかった。けれど、ユカがどんなに泣こうとも、母は戻《もど》ってこなかった。

母が男をつくって出て行ったと知ったのは、随分後《ずいぶん》だった。そして母のその悪癖《あくへき》は、その後、何度となく繰《く》り返された。出て行っては何カ月後かに戻ってくる。その繰り返し。

父も最初のころは、母がいなくなる度《たび》に捜索願《そうさくねがい》を出し、調査会社に調査を依頼した。でもそんな事をしなくても母はキャッシュカードからお金をおろし、そのお金で男と生活をすることなど何とも思わなかったから、居場所はすぐに見つかった。だが、母は、決して戻ってこない。男に捨てられるまでは。

確かユカが小学校高学年か、中学に入ったばかりのころだったと思う。母が見つかったという電話をユカが受けた。あれは誰《だれ》からだったのだろう。父の頼んだ調査会社か、親せきか。よく覚えていない。母の居場所の電話番号を知らされたユカは、父の帰宅を待てずに、その番号をダイヤルした。

「はい」

数回の呼び出し音の後、母の声がした。そう、間違《まちが》いなく母の声。でも、どこかうわついた、媚《こ》びを売るような声は、母ではない女の声のように聞こえた。

「お母さん?」

受話器を通して、母が息をのむのが伝わる。

「お母さん? ユカ。ね、お母さん、どこにいるの? 帰ってきて」

ユカは一気にまくしたてた。母はしばらく沈黙《ちんもく》した後、ささやくように言った。

「なんでこの番号分かったの?」

「え……」

ユカは言葉を失う。あまりにも、母の声が迷惑《めいわく》そうだったから。

「いい、電話してきちゃだめ。もう2度と電話しないで。分かった?」

電話は乱暴に切られた。電話が切れる直前、声が聞こえた。若い男の声。母の名を呼ぶ声。

落胆《らくたん》と悲しみと嫌悪《けんお》。さまざまな感情がユカを襲《おそ》った。

いつからか、父は捜索願を出さなくなった。ユカも「お母さんを探して」と頼《たの》まなくなった。

次第に、母が男と出て行くことなどユカにとっては「いつものこと」でしかなくなっていた。

＊　どんなに壮絶な出来事であっても、それが家庭の中で繰り返されれば子どもは慣れてゆく。子どもにとっての「普通」や「当たり前」は社会が作るのではなく、家庭が、親が作るのだ。

Ⅲ

ママ　私頑張ったでしょう

21
妻は　男をつくって家出しています

母がいなくたって困ることはない、とユカは思う。父はユカが困らない程度のお金を与えてくれる。食事は買えばいい。部屋なんて汚くてもいいし、洗濯は自分で出来る。面倒《めんどう》なこともあるけど、母がいなければどうしても困る、なんてことはない。

最初は強がっていたのかもしれない。そう、確かにユカは寂《さび》しかった。授業参観に母が来ない。先生から、みんなから「ユカちゃんのお母さん、どうしたの?」と聞かれても答えられない。学校から帰ると家には誰《だれ》もいない。父が帰るまで、夜遅《おそ》くまで一人で過ごす心細い時間。店屋物の夕食。コンビニのお弁当。運動会の日も、コンビニのお弁当を買って持って行った。そう、あの時は、父も仕事で来られなかったんだ。ユカは皆《みな》の見えない所で一人でお弁当を食べた。涙《なみだ》が止まらなくて、結局、お弁当はほとんど残した。

悲しかった。すべてが悲しかった。突然《とつぜん》降ってきた雨に、迎《むか》えに来てくれるクラスメートのお母さんたちがうらやましくてならなかった。ユカは、びしょびしょにぬれながら、泣いて家まで走って帰った。

でも、そんなユカの気持ちを母は知らない。ううん、知っていたって、母はやっぱり男をつくって出て行くんだ。その母が、ユカに向かって「夜遊びはだめよ」と言う。「変な男の子と付き合っちゃだめ」と言う。笑ってしまうではないか。自分のことを棚《たな》に上げて。

母はいたる所で男をつくる。家に出入りしていた証券会社の営業マン。通っているテニススクールのコーチ。スーパーの店員だったこともある。中には母よりも10歳以上年下の男もいたらしい。

そんな話はユカの耳に必ず入ってきた。親せきのおばさんたちは、ユカに同情しながら、表面的には「ユカちゃんには絶対内証」という態度を取りながら、ユカの耳に届く所で母の話をするのだ。

母は決して美人ではないけれど、男好きするタイプだというのはなんとなくユカも分かる。男ができた時の母からは、女のにおいが漂《ただよ》ってくる。浮《う》かれて化粧《けしょう》をし、外出する母に、ユカは吐《は》き気を催《もよお》す。

母がどんな男と出て行こうと、ユカには興味はない。知ったことではない。許せないのは、母が必ず帰ってくることだ。最初のころは、なんとなく気まずそうに、申し訳なさそうに帰ってきたが、父が何も言わないせいで、母は何事もなかったように帰ってくるようになった。帰ってきた直後の母は、とても疲《つか》れていて、老《ふ》け込《こ》んでいて、出て行く直前の女のにおいが消えている。そしてしばらくは機嫌《きげん》が悪く、家事も一切しない。ユカには、そんな母が許せない。ユカのことを、父のことを、一体どう思ってるんだ、この女は。そう、思う。

ユカは携帯《けいたい》を手にとった。真美《まみ》と愛貴《あき》はどうしただろう。メールを送ったのに、真美あてのメールはエラーで戻《もど》ってきてしまった。愛貴からは返事がない。

何気なく、出会い系サイトのページを開く。以前、サイトで知り合った見知らぬ男に、母のことを相談したことがあった。最初のころは、「ユカちゃん、かわいそう」、そんな言葉に

＊　傷つきすぎた心は、これ以上、傷つかない為に感覚を鈍磨させる。そして人間は悲しみだけを鈍磨させる事など出来ないので、喜怒哀楽、あらゆる感情を感じなくなる。心が何も感じなければ、何の意欲も持てず、人は、無気力になってゆく。

慰《なぐさ》められたような気がしたけれど、相手が興味本位の質問ばかりぶつけてきたり、ユカのことを「そんな母親の娘《むすめ》」とみて、いやらしいメールを送ってきたりするようになって、結局は傷つくばかりだった。ユカは携帯を閉じた。

ダイニングには父がいた。コンビニのお弁当をぽそぽそと食べていた。ユカはもう父にも同情しない。父にも責任はあるじゃないか。どうして母を許し続けるのだ。

「学校の先生がな」

父が突然ユカに話し掛《か》けた。

「お母さんはどうしましたかって。お母さんともお話ししたいって言ってたんだよ」

どうしようか。父は小さくつぶやいた。父はユカに視線を向ける。何を言ってるんだ、この人は。ユカにどうしろと言うのだ。

「言っちゃえば?」

ユカは投げやりに言った。

「妻は男をつくって家出してます。いつ帰ってくるか分かりません、これが初めてじゃありません、て言っちゃえば?　そしたらもう何も言われないわよ」

父は悲しげにうつむいた。

＊　夫婦間の問題の解決を、子どもに委ねてはいけない。子どもは守られるべき存在であって、親を守る存在ではない。

22 なんで　あたしのせいにされなきゃいけないの

玄関《げんかん》を入ると、ハイヒールが目に入った。愛貴《あき》はその靴《くつ》をじっと見つめた。明らかに、家政婦さんのものではない。母だ。出かけよう。愛貴はきびすを返して、ドアに手をかけた。

「愛貴なの？」

リビングから母の声がする。

「愛貴？」

愛貴は諦《あきら》めてドアから手を離《はな》した。

リビングに入ると、ソファに座《すわ》っている母の後ろ姿が見えた。ダイニングテーブルに座っていた兄がちらりと愛貴を見た。

「遅《おそ》かったわね」

ゆっくりと振《ふ》り返る母。母の姿を見るのは久《ひさ》しぶりだった。

愛貴の母は1年の8割以上を海外で過ごす。だから当然、ほとんど家には帰ってこない。小さいころは仕事なのだろうと思っていた。ママは忙《いそが》しいんだろう、と。でも最近はよく分からない。アメリカにマンションを持っている母は、単に家に帰ってきたくないだけなんじゃないかとも思う。

愛貴は返事をせずに2階に上がろうとしたが、母の声が愛貴を引き止めた。

「学校、行ってきたわよ」

愛貴は階段の手すりに手をかけたまま、母を見た。

「参っちゃうわ。忙しいっていうのに、たかが保護者会で日本まで呼び戻《もど》されて」

母は腕《うで》を組んで大きなため息をついた。

「痴漢詐欺《ちかんさぎ》ですって？　援助交際《えんじょ》ですって？　なんてことなのかしら。いい学校だと思ってたのに」

本を読んでいた兄が顔をあげた。痴漢詐欺、援助交際という言葉に反応したように。何でこの人は今日に限ってここにいるんだろう。いつもは自分の部屋にこもってばかりなのに。

「保護者会が終わった後、先生に呼ばれたわよ。なんだか、よくない友達と付き合ってるんですって？」

母はスーツの上着を脱いで、どさりとソファの上に置いた。

「さんざん嫌《いや》みを言われたわ。『最近、素行が乱れてるらっしゃるようで……』とか言われたわよ。遅刻《ちこく》も早退も多いんですって？　成績も落ちてるっていうじゃないの」

母は眉間《みけん》を押《お》さえた。

「あんたは一体何をやってるの」

母の声には嫌悪《けんお》が満ちていた。

「『お母さんがいらっしゃらないせいもあるんじゃないでしょうか』ですって？　冗談《じょうだん》じゃないわよ。なんであたしのせいにされなきゃいけないの。子どものために、精いっぱい働いてるっていうのに。なんであたしが責められなきゃいけないの？」

愛貴は母を見つめる。この人はいつもそうだ。「あんたのために働いてる」。口を開けばそ

＊　子どもが悪い事をするのは、子どもだけが悪いのだろうか。物理的に、経済的にどれだけ満たしてあげようとも、愛情を注がれなければ、心は満たされない。満たされない心は、悪い事をしてでも関心を引こうとし、それでもダメなら無差別の愛を求める。そうでもしないと心が壊れてしまう。

ればかり。

「あんた、何が不満なの。お金だって十分あげてるでしょ？　家政婦だって雇《やと》ってあげてる。それで、何が不満なの。あたしがこんなに頑張《がんば》ってるっていうのに」

母はまた大きなため息をついた。

「いい歳《とし》して、寂《さび》しいなんて言わないでちょうだいね」。はき捨てるように言う母。

「なんであんたはこうなのかしら。お兄ちゃんは何の心配もかけないのに。あんたはあたしを心配させてばかり。苦労させてばかり」

母は頭を左右に強く振った。

「そんなに苦労させたい？　あたしに恨《うら》みでもあるの？　あたしを病気にでもさせたい？」

兄は黙《だま》ったままだった。いつも、そう。愛貴がこうして母に責められている時は、必ず側《そば》にいるくせに、絶対に何も言わない。ただ黙って聞いている。母と一緒《いっしょ》に責めるでもなく、愛貴をかばうでもなく。兄の無言の圧力が、愛貴を追いつめる。

「疲《つか》れたから、休むわ」

母は立ち上がった。愛貴は絞《しぼ》り出すように言った。

「パパは？」

母の目が鋭《するど》くなる。

「知らないわよ。自分で連絡《れんらく》すればいいでしょう？」

母は愛貴に歩み寄り、目の前に立った。

「あんたって、いつもそうね。あたしに叱《しか》られると『パパは？』って。そればっかり。ほんと。可愛《かわい》くないんだから」

いら立たしげな口調。

「連絡とればいいじゃない。大好きなパパに。私に怒られたって言いつければ？　でも、パパはどう思うかしらね。あんたが援助交際してたって知ったら」

愛貴は母を見つめる。母は冷たく笑って愛貴を見返した。

「あんたなら、やりかねないわ」

23

ほんと　可愛くない子ね

今更《いまさら》、母に何を言われようと愛貴《あき》は傷ついたりしない。もう、慣れた。

愛貴が母に嫌《きら》われていると最初に感じたのは、多分小学生のころだ。母の愛貴に向ける視線と言葉に明らかな嫌悪《けんお》と憎《にく》しみを感じ取った。

愛貴が小さいころから母は多忙《たぼう》で家にいないことが多かった。家にいるのは、家政婦と兄。愛貴は母が帰って来るとうれしくてたまらなかった。でも、その半面、嫌われそうで、嫌われたくなくて必死だった。言われた通りにしなきゃいけない。ママを怒《おこ》らせちゃいけない。ママは疲《つか》れているんだから。愛貴のために一生懸命《けんめい》働いてくれているんだから。

口答えなんてしたこともなかった。お手伝いもたくさんした。母が帰って来る日には、家政婦に教えてもらいながらケーキを焼いたりもした。母に言われた習い事は全部やった。絶対に辞《や》めなかった。愛貴が今でも続けている英会話、バイオリン、クラシックバレエはすべて母が愛貴にやらせたものだった。辞められなかった。辞めたら母が怒る。がっかりする。そう思うと辞めることなど絶対に出来なかった。

実際、母が発表会は必ず見に来てくれていた。洋服もすごく素敵《すてき》なのを買ってくれた。発表会の日だけは母は本当に誇《ほこ》らしげで、だからこそ愛貴は余計に辞められなかった。

でも、愛貴は気づいたのだ。母が本当は兄しか見ていないことに。母はいつも兄ばかり気にしていて、兄のことばかり心配していた。愛貴の顔を見ると、開口一番「お兄ちゃんは？」と言った。愛貴の授業参観には来なくても、兄の保護者会には必ず行く。外では、兄の自慢《じまん》ばかりする。成績表を見ると、必ず「あんたはお兄ちゃんと違《ちが》って、本当にどうしようもないわね」と言う。

それでも、愛貴は兄のことが大好きだった。いつも学年トップで、スポーツもできて、何でもできるお兄ちゃん。だから兄のようになろうとした。兄のようになれば、きっと母はいつか愛貴のこともほめてくれるだろう。

いつのことだったろう。兄が珍《めずら》しく学年トップの座を奪《うば》われ、5位になった。その時、愛貴は本当に頑張《がんば》って、学年10位になった。うれしかった。ほめてもらえる。そう信じて疑わなかった。成績表を見てもらおうと、階下に下りた時、母と兄はリビングに座《すわ》って黙《だま》り込《こ》んでいた。

「調子が悪い時もあるわ。ママは、気にしていないから」

母は兄を慰《なぐさ》めていた。愛貴は母に寄り添《そ》い、「ママ、見て」と言い、成績表を渡《わた》した。母はちらっと見て、愛貴に成績表を返した。

「すごいでしょ？」

母は、返事をしなかった。愛貴を無視し、兄に励《はげ》ましの言葉をかけ続けた。

「ママ、すごいでしょ？　愛貴、頑張《がんば》ったでしょ？」

母の体をゆすった時、母が愛貴の手を振《ふ》り払《はら》い、愛貴を見据《す》えた。

「うるさいわね。本当にうっとうしい子ね」

愛貴は凍《こお》りついた。

「今はお兄ちゃんと話してるのよ。黙《だま》ってなさい。あんたはもっと頑張りなさい。まだまだじゃない。お兄ちゃんに比《くら》べると」

母は愛貴からすぐに視線を外した。愛貴は黙って母から離《はな》れ、静かに2階に上がった。

自分の部屋に入り、ドアを閉めた瞬間《しゅんかん》に、涙《なみだ》があふれてきた。どうして。愛貴だって頑張ってるのに。

どうしてだろう。あの時に限って、父が家にいた。父は愛貴の泣き声を聞いたのか、偶然《ぐうぜん》だったのかは分からないが、愛貴の部屋に入ってきた。

「どうしたんだ、愛貴」

父の顔を見たら、もっと悲しくなった。愛貴は泣きじゃくりながら、父に成績表を渡した。覚《おぼ》えていないけれど、多分、話したのだろう。母から何を言われたかを。父は愛貴の髪《かみ》をゆっくりなでてくれた。

記憶《きおく》は、その後の方が鮮明《せんめい》だ。父が出て行ってしばらくして母が入って来た。母のあの時の形相《ぎょうそう》は今でも忘れない。

「パパに、何を言ったの」

＊　親にしてみれば差別などしていないつもりでも、子ども達というのは兄弟姉妹と比べられるのをとても嫌います。子どもというのは比較されると自分の方がだめな子だといつもいわれているように感じてしまうのです。

愛貴は返事ができなかった。

「何で、あたしの悪口を言うの？　どうして言いつけたりするの」

黙って涙をこぼす愛貴に、母は言い放った。

「ほんと、可愛《かわい》くない子ね。あんたって」

24 あんたって　あの人そっくりね

愛貴《あき》の両親は、離婚《りこん》したわけでも別居しているわけでもない。ただ、たがいに忙《いそが》しくて、家に帰る暇《ひま》がないだけだ。そういうことになっている。父は母以上に家に帰って来ない。都内にマンションを持っているらしいが、海外にいる期間の方が長い。いや、長いらしい。

愛貴は父のことが大好きだ。父は愛貴をとても可愛《かわい》がってくれる。そう、多分、溺愛《できあい》と言うのだろう。でも、父はほとんど家にいない。そして母がどんなに愛貴を嫌悪《けんお》しようと、憎《にく》もうと、父は間に入ろうとしない。

母は気に入らないと愛貴を殴《なぐ》る。外ではバリバリのキャリアウーマンで、すこしの隙《すき》もない母は、家の中では恐《おそ》ろしく感情的で暴力的だ。いくつの時から？　そんなことは覚えていない。愛貴の記《き》憶《おく》の中の母は最初から最後まで愛貴を殴ることに何のちゅうちょも見せなかった。

愛貴が母に殴られている時、兄はいつも家にいた。でも、兄は見ているだけだった。そして後で愛貴に言う。

「お前が悪いんだ」

大好きなお兄ちゃんからの言葉は、母から殴られるよりはるかに痛かった。その繰《く》り返しの中で、愛貴は兄のことが大嫌いになった。

父はあまり家にはいなかったけれど、母が愛貴を殴っている時、絶対、父は側《そば》にいなかった。海外にいるか、家にいても、部屋で寝《ね》ていた。

気づいていなかったはずはない。父は見て見ぬふりをし続けたのだ。でも、愛貴もそうしてほしかった。だって。パパに言えば、翌日にその何倍も殴られる。「何で言いつけるの」と言って。

いつしか愛貴は気づいた。母は本当に愛貴のことが嫌いなのだということに。その理由の一つが父だということに。母はよく言う。

「あんたってほんと、あの人にそっくりね」

確かに、愛貴は父によく似ている。それが、母の感情をさかなでする。そしてもう一つは、愛貴が母と同じ女であるということ。同じ女であって、しかも父に溺愛されているということ。そのことが、母の愛貴への憎悪《ぞうお》を募《つの》らせる。

愛貴はもう母に殴られることなど、なんとも思わなかったし、兄も父もかばってくれないことなど、なんとも思わなくなっていた。もう、当たり前のこと。だって母は愛貴が嫌いなんだから。

忘れられないシーンなど、山ほどある。母の愛貴への嫌悪と憎悪の満ちた目、殴られ続けた夜。

＊　子どもが問題を起こす原因の多くは家族にあります。子どもが問題を起こした時は家族の中の他に問題がないのか探してみて下さい。子どもが問題を起こした時は家族全体が変わらなくちゃいけない時期なのかもしれません。

愛貴は携帯《けいたい》を手に取る。電話帳を開くと、サイトで知り合ったおじさんたちの名前が並んでいる。愛貴は知っている。女として、きれいでいればいるほど、男に愛されることを。そして、愛貴がきれいになろうとすることが余計に母の感情を逆なですることを。

明日は、誰《だれ》とでもいいから、食事をして遊んで帰って来よう。明日はきっと母がまだ家にいる。帰りたくないから。もう、いい。母がどんなに愛貴を殴ろうとも。

愛貴は忘れない。母がクローゼットのすべての愛貴の服を切り刻んだ日を。そして、愛貴の顔に刃物《はもの》を当てて、言った言葉を。

「あんたの顔なんて、二度と外に出られないくらいメチャクチャにしてやる」

そこまで憎まれているのなら、もういいではないか。努力など、何もしなくても。ここまで憎まれて、いったい何ができるというのだ。

愛貴は3人のおじさんに明日会いたいというメールを入れて、携帯を閉じた。そして、自分の行《こう》為《い》を笑った。

25

特に　ほかのお宅と違うところはありませんけど

真美の個人面談は、あまり責められることなく終わった。教師は疑いの視線を真美《まみ》に向けていたが、問い詰《つ》められることはなかった。だが、真美の個人面談だけ、最近、真美をよく呼び出す養護教諭《きょうゆ》が同席した。養護教諭は、なんとか仕事を抜《ぬ》けてきた母親に、真美の体調や睡眠《すいみん》時間、食事のことなどを聞きたがった。

「特に、ほかのお宅と違《ちが》う所はありませんけど」

母は後ろで一つにたばねた髪《かみ》が、顔の前に落ちてくるのをうっとうしそうに払《はら》いながら言った。

「どうしてそんな事ばかり聞くんです？」

「いえ、特別な理由があるわけではないんですが、貧血気味《ひんけつぎみ》のようなので」

まだ若い養護教諭は、少し慌《あわ》てたように言った。

「そうなの、真美？」

さっきから、ハラハラしながら会話を聞いていた真美は、もっと慌てて言った。

「ううん、そんなこと……」

そして恨《うら》みがましい目で養護教諭を見た。なんで、こんなこと、聞くんだろう。もう、やめてほしい。そんな思いを込《こ》めて。

真美のその視線の意味をさとったのか、養護教諭はそれ以上、口を開かなかった。

数日後の保護者会の日、早めに終わった授業の後、真美はどこに行くでもなく、公園にぶらりと立ち寄った。最近は、さすがにユカも愛貴《あき》も警戒《けいかい》しているようで、遊びに行こうと言ってこない。

真美はブランコに座《すわ》り、軽くブランコをこいだ。揺《ゆ》れた身を任せ、空を見る。

「帰らなきゃ……」

母は保護者会の後、仕事に戻《もど》ると言っていた。そろそろ、帰らなければ。そう思いながらも、体はいうことをきかない。

携帯《けいたい》を開いてみたが、誰《だれ》からもメールは届いていなかった。真美はユカや愛貴と違って、定期的に会うおじさんもいないし、学校外の友達もいない。だから、ユカと愛貴からメールが来なければ、誰からもメールはこない。時々、サイトで知り合った男とメールのやりとりをすることもあるが、自然に返事がこなくなる。それは多分、真美がそんなに可愛《かわい》くないせいだろうと、真美は、思う。出会い系サイトのページを開こうかどうか迷ったが、どうせユカと愛貴がいなければ、ひっかかる男もいないだろう。何より、もう帰らなければ。

真美はブランコを降りた。

スーパーに寄り、夕飯の買い物を済ます。財布《さいふ》を開き、持っているお金を確認《かくにん》しながら、陳列棚《ちんれつだな》を見る。今日はサンマが安い。冷蔵庫の中に残っている物を思い出す。野菜はまだあったはず。カゴの中に最低限の食料を投げ入れながら、真美はつぶやいた。

「ユカや愛貴は、こんな買い物はきっとしたこと、ないんだろうな」

でも、いい。買い物くらいなんてことはない。真美はカゴの中に入っている物を確認してから、レジに向かった。

家には、薄《うす》暗く電気がついていた。時計を見ると、弟たちはとっくに帰っている時間だ。真美はため息をつく。足取りがどうしても重くなる。もう一度、家の中の明かりを見つめる。

「行かなきゃ……」

スーパーの袋《ふくろ》を持ち直してから、真美は玄関《げんかん》の扉《とびら》に手をかけた。ドアを開けると、家の中はやはり薄暗かった。弟たちの姿は見えない。

アルコールのにおいが鼻をつく。電気をつけないまま進むと、足に空き缶《かん》がぶつかる。真美はゴミ袋をさがし、空き缶を次々に袋にほうり込んだ。

「タク？　ヒロ？」

弟たちの返事はない。空き缶を袋に捨てながらさらに進むと、テレビの前に座っている。父の背中が見えた。父はいつも通り、震《ふる》える手で、一升瓶《いっしょうびん》から酒を注いでいた。真美はこみあげてくる感情をのみ込みながら、父に背を向けて台所に向かった。

26
私立なんて行きやがって　金ばかりかかるんだよ

「お姉ちゃん、おなかすいたよ」

真美《まみ》が台所に立つと、弟2人がまとわりついて来た。真美の帰りをじっと待っていたんだろう。

「ごめんね、すぐ作るから」

「今日のご飯、なあに？」

弟の言葉に、真美は弱々しくほほ笑《え》んだ。今日もこの子たちの喜ぶようなメニューではない。真美の家の食卓《しょくたく》には、毎日、スーパーでその日に一番安かったものと、冷蔵庫の残り物しか並ばない。今月も経済的にはかなり厳しい。お米はあとどのくらいもつだろう。どうしてもお金が足りなくなったら、いつものように、真美が食事をぬくしかない。

真美はもうしばらく昼食は食べていない。ユカや愛貴《あき》には「ダイエット」と言っているが、ダイエットしなくちゃいけないほど真美は太っていない。昼食を買うお金がないだけだ。お弁当を作ることも考えるが、お弁当の中身を見られたら、真美の家の事情がユカや愛貴にわかってしまいそう

26　私立なんて行きやがって　金ばかりかかるんだよ

で、怖《こわ》くて出来ない。

父は仕事をしていない。真美の家は母の収入に支えられている。なかなか正社員になれず、いくつかパートをかけもちしている母の収入だけでは、やはり厳しい。

真美が中学に入るころは父がまだ働いており、今よりはるかに余裕《よゆう》があった。私立に入ることを強く望んだのは、真美ではなく父であり、母だった。

高校に入る時、アルコールに溺《おぼ》れる毎日の父を見て、真美は都立への編入を真剣《しんけん》に考えた。しかし、母が強く反対した。エスカレーター式の私立の女子校に娘《むすめ》を通わせることは、母自身の夢でもあったのだ。

鍋《なべ》を火にかけた時、母が帰ってきた。

「お帰りなさい」

「お母さん、おかえんなさい」

弟2人が母に駆《か》け寄る。

「ああ、ただいま」

母は疲《つか》れきった返事をして、部屋の中に進み、父の姿を見て、すぐに視線を外した。

「真美、酒」

唐突《とうとつ》に父の声が後ろから真美を襲《おそ》った。真美は精いっぱい、聞こえない振《ふ》りをした。

「真美、酒だ。酒、持ってこい」

真美はもう一度聞こえない振りをする。

「酒だって言ってんだろ」

荒々《あらあら》しく、空の一升《しょう》びんが投げつけられる音がした。

「もう、ないよ、お父さん」

真美は仕方なく答える。

「じゃあ、買ってこい」

「お金も、ないから」

「ふざけんな」

父がよろけながら真美に近づいて来た。体に、緊張《きんちょう》が走った。

「でもお父さん、本当に、お金ないの」

父が真美の髪《かみ》の毛をわしづかみにした。

「買ってこいって言ってんだろ。おれは父親だぞ。父親の言う事が聞けないっていうのか」

父はそのまま真美の髪の毛を引っ張り、真美の体を床《ゆか》に叩《たた》き付けた。

「父親に逆らいやがって。素直《すなお》に買ってくりゃいいんだよ」

父は思い切り真美の体を蹴《け》った後、馬乗りになり、真美を殴《なぐ》り始めた。

火がついたように泣き出す弟たち。いつものことだ。そう、いつものこと。我慢《がまん》していれば、すぐに終わる。真美はじっと耐《た》える。次第《しだい》に、痛みは感じなくなっていく。

「私立なんて行きやがって。金ばっかりかかるんだよ、お前は」

父の殴打《おうだ》は続く。

薄《うす》く開けた目には泣き続ける弟たちの姿が見える。そして。その横には母の姿。ただ黙《だま》っ

＊　暴力を繰り返し受けた人間はその場面から逃げる事が出来ません。逃げればよりひどい暴力を受けるかもしれないと恐れている為でもあり、抵抗すればさらにひどい目にあう事も知っているからで、無抵抗が最大の防衛だと学んでいるのです。

て見つめる母の姿。

そうだ。母は決して父を止めない。いつだって見ているだけだ。

真美にも分かる。止めようとしても決して父を止められないということは。それに、止めに入れば、父はきっと母を殴るだろう。母にはそのことが分かっている。だから、止めないのだろう。

仕方がないではないか。誰《だれ》だって殴られるのは嫌《いや》だ。でも、真美は、殴られることよりも、こうして見つめているだけの母の姿を見る方が、はるかにつらい。

しばらくして、父は黙って真美から離《はな》れた。真美は口から流れる血をぬぐって、黙って食事を作り始めた。

27
うるさい　あっちに行ってろ

父は優《やさ》しかった。

小さいころは休みの日、よく真美《まみ》と弟たちを遊園地や動物園に連れて行ってくれた。遠出できない日は、近くの公園で一緒《いっしょ》に遊んでくれた。楽しかった。真美も弟たちも、はしゃぎ、騒《さわ》ぎ、よく笑った。

家族で旅行にも行った。食事にも行った。普段《ふだん》、仕事で忙《いそが》しい父は、休みの日は、本当に一生懸《けん》命《めい》家族のためにいろんなことをしてくれた。怒《おこ》ることなんてめったになかった。

そう、真美の父親は、お酒さえ飲まなければとってもいいお父さんなのだ。

真美が中学に入った直後のことだった。夜中、目が覚めて、トイレに行こうと布団《ふとん》から出た。子ども部屋を出て、台所を通り過ぎる時、ダイニングに座《すわ》っている父の姿が見えた。父はぐったりと机につっぷしていた。机の上には一升《しょう》びんがあった。

父はそれまでもお酒を飲むことはあったが、そんな時間に飲んでいるのを見たのは初めてだった。

「いつものお父さんじゃない」

真美は直感的にそう感じた。

見てはいけないものを見てしまったような気がして、真美はトイレにも行かず布団に戻《もど》った。布団に戻っても、心臓がドキドキして、しばらく寝付《ねつ》けなかった。

その日から、真美の家は少しずつ変わっていった。

「朝起きたら、きっといつものお父さんがいる」

真美のその期待は裏切られた。翌朝、父はろれつも回らないほど泥酔《でいすい》していた。あまりにもいつもと違《ちが》う父の姿に戸惑《とまど》いながらも、真美は父の側《そば》に行き、声をかけた。

「お父さん、大丈夫《だいじょうぶ》?」

父は、濁《にご》った目で真美を見て、真美の手を振《ふ》り払《はら》った。

「うるさい。あっちに行ってろ」

父の力はあまりに強く、真美は床《ゆか》に転がった。その真美を、父は助け起こそうともしなかった。

その日から、父はお酒のために仕事を休みがちになった。

それでもそのころ父は、酒を飲まずに仕事に行く方が多かった。飲んでいない時の父は、本当に以前の通りで、飲んでいる時の姿を忘れさせた。そうやって父は、なんとか会社の中での地位と、父親としてのポジションを保っていた。

しかし、一時やめることができても、父は必ずまた酒を飲み始める。その繰《く》り返しの中で、次第《しだい》に、父の飲酒期間は長くなり、酒を飲まない日は少なくなった。酒を飲んでいれば、父は仕事に行かない。当然のように、父は仕事を失った。真美が中学3年になった時だった。

父は、壊《こわ》れ始めた。ただ酒を飲み続ける日々。仕事にも行かず、新しい仕事を探そうともしない。父を説得し続け、信じ続けた母が、仕事に出始めた。母は無口になった。弟たちはいつもおびえた目をするようになった。壊れそうな家庭。経済的にも、どん底にたたき落とされた。

そのころからだ。父の真美への暴力が始まったのは。母に代わって食事を作っている真美の背中に、父は言う。

「おい、酒」

これ以上、飲ませちゃいけない。真美はその思いから言う。

「もう、ないよ。お父さん」

その真美の一言で父の怒《いか》りに火がつく。

「ふざけるな」

後はただ、殴打《おうだ》の雨。真美がどんなに謝《あやま》ろうと、父の暴力はやむことはない。これは、お父さんじゃない。真美は思う。酒にとりつかれた化け物だ。

28　本当に酒をやめる　今回はやめられる

真美《まみ》の授業料であろうと、弟たちの給食費であろうと、家の中にあるお金はすべて父の酒代になっていった。酒を求めている時の父は、飢《う》えた野犬のようにあらゆる所から金を見つけ出す。真美や弟が泣いてとめても、その金を握《にぎ》り締《し》めて酒を買いに行く。

それでも父は、時に「もう、酒はやめる」と言い出す。「ちゃんと、仕事をするよ」と言い、母に、真美に、弟たちに謝《あやま》る。

その度《たび》に、真美と母と、弟たちは期待を抱《いだ》く。

「きっとこれですべてが元に戻《もど》る」

ほんの一瞬《いっしゅん》、家の中に笑顔《えがお》が戻る。でも確実に、父は真美たちの期待を裏切り、必ずまた飲み出すのだ。お酒をやめていられるのは、時には数日。時には一日。そしてまた飲み始める。仕事も絶対に続かない。飲み始めると、また真美を殴《なぐ》る。

そんなことを何回繰《く》り返しただろう。最初は真美も信じた。父の「もう、酒はやめるよ」という言葉を。そう言ってくれると本当にうれしかった。前のお父さんに戻ってくれると信じて疑わなかった。また、幸せになれる、と。

でも、真美はもう信じない。父は絶対にお酒はやめられない。

約束なんて、なんの意味があるんだろう。どうせ破られる約束。人は、破ってもいいと思えるからこそ、約束をするんじゃないだろうか。最近、真美はそう思う。約束するのは簡単。守るのは大変。約束は「する」ためにあるんであって、「守る」ためにはない。だからもう、「裏切られた」なんて思わない。そう、思えるほど、真美は父を信じていない。ううん、人を信じていない。

真美は、昨晩父が殴った時にできたあざをさする。明日も隠《かく》さなくてはならない。父が酒に溺《おぼ》れ出してから、真美を殴り出してから、真美はあざを隠《かく》すためにいつも長袖《ながそで》を着ている。特に、ユカと愛貴《あき》と仲良くなってからは、絶対に知られたくなかった。こんな家の事情を。ユカも愛貴も、とても幸せな家庭で育った人たちだから。

眠《ねむ》っている父の背中が見える。昨日、さんざん真美を殴った父は、今朝はすっきりとした顔をして真美と母に言った。

「本当に酒をやめるよ。今回は、やめられる」

真美と母は、今まで何十回となく聞き続けた言葉を黙《だま》って聞いた。

「もう、言わないで」

真美は思った。信じてなどいないけど、ほんのわずかでも、希望を持ってしまうから。まだ真美は、とっても素敵《すてき》だった父のことが好きで、その父を諦《あきら》めきれていない。

夕方、学校から帰り、真美は家のドアを開けた。少しだけ、ほんの少しだけ胸が弾《はず》んでいた。ドアを開けたその向こうに見える、笑顔の父を期待して。しかし、ドアを開けるといつもの匂《にお》いがした。暗い室内を進むと、今朝、「もう飲まないよ」と言った父が、一升《いっしょう》びんを抱《かか》え、濁《にご》った目で真美を見つめた。

＊　親から裏切られ続けた子どもは、誰のことも信頼する事が出来なくなり、他者との関係が結べなくなります。子どもというのはまず親との愛着・信頼関係を形成してこそ、周囲の大人や同年齢の子供へと関係を広げてゆけるのです。

真美は自分の期待に笑った。そう、約束は破られるためにあるんだった。

29
お客様のご都合により　現在つかわれておりません

真美《まみ》が学校に来なくなった。

痴漢詐欺《ちかんさぎ》事件の後の個人面談と保護者会が終わり、学校は夏休みに入った。どこか心の怯《おび》えがぬぐえないまま、3人は遊びに行こうと誘《さそ》い合うこともなく、ほとんど顔を合わせないまま夏休みが終わった。

夏休みが開けた始業式、真美は登校しなかった。それから1週間たっても、真美はまだ登校しないままだった。

「どうしたんだろうねー」

窓際《まどぎわ》の席で外を見ながら、ユカが愛貴《あき》に言った。

「メール送っても、返事ないいんだよね。愛貴には返事来る?」

「ううん」

愛貴もまた外の景色を見ながら答えた。強い日差しが窓から2人を照りつける。

愛貴は日差しを受けて金色に光っている髪《かみ》が顔にかかったのをうっとうしそうに払《はら》いながら言った。

「あの子の携帯《けいたい》、つながんなくなってるでしょ」

ユカもそのことに気づいていた。メールの返事が来ないので、何度か電話もしてみたのだが、最初は「電源が入っていないため……」と流れていた音声は、そのうち「お客様のご都合により、おつなぎできません」に変わった。やはり愛貴も気づいていたのだ。

「携帯、変えたとか、かなあ」

「それだったら、まず私たちに知らせるでしょ。真美はまめだから」

メールにせよ、電話にせよ、3人の中では真美が一番まめだ。ユカもメールの返事が来ないのが愛貴だったら、こんなには気にならなかっただろう。

「そうだよねえ。それに、『現在使われておりません』じゃないもんねえ」

コミュニケーション手段のほとんどが携帯であるユカたちは、流れるメッセージの意味することには敏感《びんかん》だ。

「お客様のご都合により……」という音声は、契約《けいやく》は続行していて、料金を払《はら》っていないことを意味する。

「家にはかけてみた?」

ユカは愛貴の顔をのぞき込《こ》むように聞いた。

「ううん。ユカは?」

「私も、かけてない」

携帯にしか電話をしたことがないユカたちにとって、家に電話をかけるのはなんとなくちゅうちょする。なぜと言われると困るのだが、家族に取り次いでもらうのが面倒《めんどう》に思える。電話がつながらなければ留守電にいれておく。メールを送っておく。そうすれば連絡《れんらく》は取れる。それに、家にかけなければならないほどの急用なんてないのだ。

だから、3人はたがいの両親と会ったことも話したこともないし、どんな人なのかも知らない。あ、そういえば、真美に兄弟はいたんだっけ。確か、弟がいるとか言っていた気もするが……。そう考えると、真美のことを何も知らないことに気づく。

「どうしようか?」

気になる。これだけ連絡がとれないのは、なんかおかしい。

「担任に聞いてみる?」

愛貴はようやく外からユカに視線を移した。確かに、今日も担任教師は誰《だれ》にも真美のことを尋《たず》ねなかった。欠席であるのがあたり前だというふうに振《ふ》る舞《ま》っていた。担任は、事情を知っているのかもしれない。

「うん……」

それには、抵抗があった。明らかにユカたち3人を疑っていた担任。できれば、話したくない。それは愛貴も同じようだった。

「ま、もうちょっと様子みてもいいとは思うけど。体調悪いのかもしれないし。担任が分かってるってことは、なんか理由があるんでしょ」

「うん……。そうなのかもね。そんな大げさにしない方がいいのかもね」

ユカの言葉を聞きながら、愛貴はやすりを取り出して爪《つめ》を磨《みが》きだした。それを見てユカは席を立った。

「もう一回、メール送ってみる」

愛貴は黙《だま》ってうなずいた。気にしないようにしよう。おたがい大人なんだし。

「私、今日、約束あるから早退するね」

ユカは気持ちを切り替《か》えて教室を出た。

30 家庭の事情　なのよ

夏も、もう終わりだ。季節が変わったと思うのは、着る服を変える時だろうか。キャミソールやノースリーブでは寒いと感じると、ああ、秋なんだなと思う。日差しが弱まり、長袖《ながそで》を着て歩くと、何となく浮《う》かれた気分が消えてゆく。そう、夏のころに感じていた、どこか解放された気持ちが冷えてゆく。

「今時の若い子は……」と、何にも考えていないようなことを言われるけれど、ユカたちだって季節を感じる。季節に合わせて気分も変わる。「空が高くなったな」なんて思うと、なんとなく寂《さび》しくなる時だってあるのだ。

でもユカはその感じがたまらなく嫌《いや》だった。寂しくなる気持ちが嫌で、それを感じたくなくて毎晩遊び歩いた。

母はまだ帰って来ない。父はユカの行動に口を出さない。何時に帰ろうと、朝まで遊ぼうと、何も言わない。母がいると、母に言われてか時々お説教をするが、母がいないと全く干渉《かんしょう》しない。どうせ、言われたって聞きはしないのだけど。

毎晩、渋谷《しぶや》に行く。知り合いがいなければ、ナンパされるのを待つ。そのうち、誰《だれ》かが声をかけてくる。気に入れば、一緒《いっしょ》に遊びに行く。昨日もナンパされた男とカラオケで朝まで盛り上がった。何となく、出会い系サイトを避《さ》けるようになった分、ユカはナンパを待つようになった。


「頭いたー」

いつもの窓際《まどぎわ》の席に座《すわ》り、机に突《つ》っぷした。

「どうしたの？」

愛貴《きき》は本に目を落としたまま聞く。

「昨日、カラオケで盛り上がっちゃって」

「ふうん」

愛貴は顔を上げた。

「昨日、ナンパしてきた男、結構かっこよくてさあ。朝までカラオケ。おもしろかったあ」

「よく、学校来たじゃない」

愛貴は少し笑った。

「寝《ね》ないでそのまま来ちゃった。なんか、まだハイなの」

秋の涼《すず》しい風が、ユカの肌《はだ》をなでる。ユカは自分の腕《うで》をさすった。無理して半袖を着てきたけど、さすがに寒い。

「愛貴は、最近遊んでないの？」

「うーん。まあまあかな。ユカみたいにナンパされて遊んだりはしないけど」

「おじさんたち？」

「そうね」

そう言ってから、愛貴は気持ちを切り替えるように本を閉じた。

「真美のこと、聞いてみる？　担任に」

そうなのだ。真美はまだ学校に来ない。そろそろ1カ月になる。ばか騒《さわ》ぎをしている時も頭を過ぎる時がある。

「そう、しようか」

「さすがに変だしね」

ユカは立ち上がった愛貴の後ろを追った。

職員室に入ると、担任はちょうど席にいた。愛貴とユカは「失礼します」と言ってから職員室に入り、担任に近づいた。担任はすぐに2人に気づいた。

「どうしたの？」

眉間《みけん》にしわを寄せて担任が言う。悪い話だとでも思ったのだろうか。

「田中さんのことなんですけれど」

愛貴が切り出すと、担任の眉間のしわはますます深くなった。

「病気なんですか？」

「ええ、まあ」

担任は言葉を濁《にご》す。

「携帯《けいたい》もずっとつながらないので、心配で。病気で入院でもしているのなら、お見舞《みま》いに行きたいんですけど。病院とか、教えてもらえないんでしょうか」

お見舞。そうか。ユカは考えてもいなかったが、愛貴はそこまで考えていたんだ。関心がなさそうで、やっぱり心配なんだ。真美のこと。ユカは愛貴の言葉を聞きながら思った。

「あのね……」

担任は明らかに困っていた。なんと返事をしてよいのか迷っている。このことだけで真美が本当は病気ではないんだろうと感じた。

「家庭の事情なのよ」

さんざん考えてから、担任は言った。

「家庭の事情?」

「ええ。今はそれしか言えないの。でも、田中さんはしばらく学校には来ないから」

担任はそこまで言って机に方を向いてしまった。愛貴とユカは黙《だま》って顔を見合わせた。

31　ここにはいませんから　もう　電話しないでください

「なあに、あれ」

職員室を出たユカは、中にいる担任に聞こえるようにしているのか、わざと大きな声で言った。

「あんな言い方されたら、余計に気になるじゃないねえ」

歩きながら、ユカは愛貴《あき》の顔をのぞき込《こ》んだ。愛貴は黙《だま》って何かを考えているようだったが、職員室から遠ざかった所で言った。

「私、昨日、真美《まみ》の家に電話したの」

ユカは驚《おどろ》して愛貴を見る。

「いっつも携帯《けいたい》でしか連絡《れんらく》とったことなかったから、自宅の番号って聞いてなくってさ、クラス名簿《めいぼ》とかも、もうどっかいっちゃってたから、紗枝《さえ》に電話して聞いたんだ」

愛貴は、比較的《ひかく》ユカ、真美以外で話をしているクラスメートの名前をあげて言った。

「どうだった？」

「うん……」

愛貴は再び考える。

「何か、変だったんだよね」

「変？」

「うん。あれ、多分お父さんだと思うんだけど、『真美さんいますか』って聞いたら、『いません』っていうの。『しばらく学校にいらしていないので、心配でお電話したんです』っていったら、『とにかく、家にはいないんだよ』ってどなって、ガチャン」

「切られちゃったの？」

「そう」

愛貴は珍《めずら》しく、おどけたように肩《かた》をすくめた。

「なんなの、それ」

「で、気になって、夜遅《おそ》くなってから、もう一回電話したんだ。お父さん出たら、切っちゃえばいいやと思って。そうしたらね、今度はお母さんが出たの」

「どうだった?」

「もっと変だった。同じようなこと言ったら、『真美はここにはいませんから。もう、電話してこないでください』って」

「電話してくるな?」

「そうなの。食い下がって、『いつお帰りになるんですか』って聞いたら、『分かりません』って」

「分からない?　どういうこと?」

愛貴は表情をくもらせて、首をかしげた。

「わけ分かんないでしょ」

「変なのー」

2人は教室に着いたが、中に入らずにそのまま廊下《ろうか》で話を続けた。

「なんか、気になるんだよね。お父さんもお母さんも電話されるのがすっごい迷惑《めいわく》って感じで」

「家庭の事情ってどういうことなんだろう」

ユカも、珍しく深刻な気分になって言った。

「言えない事情なのは間違《まちが》いないわね」

2人は廊下の壁《かべ》に寄りかかった。

「どうする?」

ユカが尋《たず》ねると、愛貴は「行こう」と言って歩き出した。

「どこ、行くの?」

「保健室」

「保健室?」

「そ。真美、よく呼ばれてたでしょ」

「ああ……」

確かに真美は、1学期の終わり、あの痴漢詐欺《ちかんさぎ》事件のころ、頻繁《ひんぱん》に保健室に呼ばれていた。保健室の先生なら、何か話してくれるかもしれない。年もまだ若く、比較的ユカや愛貴や真美とも話ができる人だ。

保健室に入ると、何人かの生徒がいた。先生と話している子もいれば、数人で固まって話している子たちもいる。この空間には、学校の中で多分唯一《ゆいいつ》、自由が許される雰囲《ふんい》気《き》がある。愛貴とユカの姿を認めると、養護教諭《きょうゆ》は明るく言った。

「あら、珍しい。どうしたの?　気分でも悪い?」

ユカは愛貴の方を見た。愛貴に任せた方がいいだろう。愛貴は黙って教師の側《そば》に行き、周りの生徒を気にしながら言った。

「田中さんのことなんですけど……」

教師はその言葉を予測していたようだった。あまり驚いた表情はせずにさっと周りに視線を走らせた。愛貴とユカも一緒《いっしょ》に視線を巡《めぐ》らせた。

「放課後、寄ってくれる?」

＊　スクールカウンセラーが配置される学校も増えてきましたが、保健室が子どもの安らぎの場であったり、相談できる場であったりする学校も多いです。養護教諭は他の先生とは違う視点で子どもを見る事が出来、指導もしなくてよい大切な存在になり得ます。

周りに人が多すぎると判断したのか、養護教諭は小声で言った。いずれにせよ、聞かれたくない話なのは間違いなさそうだ。愛貴とユカは黙ってうなずいて保健室を出た。

32 この時間だと　お父さんがいるから　帰れないって

「さっきはごめんなさいね」

放課後訪ねると、養護教諭《きょうゆ》は保健室に「不在」の札をかけて、相談室に2人を連れて行った。

「生徒がたくさんいたから。ちょっと話しにくくて」

そう言って、教師はいすに座《すわ》った。

「いいえ、すみません、忙《いそが》しいのに」

愛貴《あき》が言うと、教師は手をふって、「いいのよ、そんなこと。私も、あなたたちと話したかったの」と言った。愛貴はすぐに話を切り出した。

「田中真美《たなかまみ》さんのことなんですけど」

教師は軽くうなずいた。

「ずっと登校していなくて、今日、担任の先生のところに行ったら、家庭の事情だって言われたんです。先生、何か知っていますか？　真美のこと、よく保健室に呼んでましたよね」

机の上で手を組んで話を聞いていた教師は、すぐに答えた。

「保健室に呼んでいたのは、彼女《かのじょ》の体調が悪かったからよ」

「でも、真美は病気じゃないんですよね」

教師は今度は返事にためらった。

「私、昨日、真美の家に電話したんです」

愛貴がそう言うと、教師ははっとして顔を上げた。

「変でした。お父さんもお母さんも、電話されるのがすごく迷惑《めいわく》って感じで。真美がどこにいるかも教えてくれなくて」

教師は少し間を置いてから言った。

「病気ではないわ。担任の先生のおっしゃる通り、家庭の事情なのよ。私にも、これ以上は言えないの」

愛貴とユカは、思わず「なんだ」とつぶやいてしまった。何か教えてくれると思ったのに。

2人の反応を見て、教師は「ごめんね」と言った。

「あなたたちは、何か聞いていなかった？　田中さんから」

「何かって？」

今度はユカが答えた。

「相談とか、されたことなかった？」

「相談？」

ユカは愛貴の方を向いて言った。

「なかった、よねえ」

愛貴はそれには答えず、教師に向かって言った。

＊　抱えている問題が深刻であればあるほど、子どもも親も相談に行くのを躊躇い、一人で抱え込んでしまいがちです。辛くて、でもどうしたらよいか分からない時は相談機関に駆け込んでください。

「家庭のことですか?」

教師はまた返事にちゅうちょした。まだ若い彼女は、どこまで話していいのか迷っているのかもしれなかった。

「家庭のことだけじゃなくて。何でもいいんだけれど」

愛貴はユカの方を見てから言った。

「田中さんは、あんまり相談とかしてくる方じゃなかったんです。それに、家のことを話したことはありませんでした」

「そう……」

養護教諭は落胆《らくたん》の色をにじませた。彼女は、何かを教えてくれるつもりだったのではなく、むしろ愛貴とユカから話を聞きたかったのかもしれない。

「あ、でも」

ユカがふと思いついたように言った。

「前、学校が午前中で終わっちゃった時、一度帰って着替《きが》えてから遊びに行こうか、ってユカが言ったの。そしたら、真美、『この時間だとお父さんいるから帰れない』とか、ぶつぶつ言ってたこと、あった気がする」

「それで?」

教師はユカに続きを促《うなが》した。

「うん、それだけなんだけど。ユカが『真美のお父さん、こんな時間になんで家にいるの』とか聞いたら、何だっけな、なんか体があんまり良くないとか、そんなこと言ってたような気がする。よく覚えてないけど」

愛貴はユカの話したことをじっくりと考えるように黙《だま》りこんでから、教師に言った。

「田中さん、よくけがしてましたよね?」

唐突に愛貴が言った。教師は驚《おどろ》いたような顔をした。

「けが?」

「ええ。あざとかしょっちゅうつくって。切り傷みたいなのもあったし。それと今回のことって関係ありますか?」

ユカは驚いて愛貴を見た。愛貴も気づいてたんだ。ユカもすごくそのことが気になっていたが、真美には直接聞けなかった。教師の顔に動揺《どうよう》の色が浮《う》かんだ。しかし、教師はその質問には答えなかった。

「家庭の事情ってことしか言えないの。ごめんなさいね」

愛貴とユカは諦《あきら》めて、部屋を出た。

33 言いたい奴には　言わせておけば

愛貴《あき》もユカもそれ以上、真美《まみ》のことを調べるのはやめた。教師たちに聞いても何も教えてくれないことが分かったし、かといって、真美の家に電話をしても、もっと何も教えてくれないだろうと思ったからだ。

愛貴とユカは、当たりさわりのない会話を重ねて日々を過ごした。真美のことに触《ふ》れようとしなかったのは、真美が姿を消した理由が、何かよくないことだろうと感じたからだった。そして、2人の予感を裏付けるように、真美が学校に来なくなってから2カ月がたった時、担任が真美が学校を辞《や》めたことを告げた。理由はやはり「家庭の事情」だった。

教室内は色めきたった。エスカレーター式に大学まで行けるこの女子校では、途中《とちゅう》でやめるのはとても珍《めずら》しいことだった。時々、もっとレベルの高い学校に行きたいと望む生徒は何人かいたが、それも高校からとか、大学からとかで、学期中途で「退学」するからには、何かとんでもないことをしでかしたと思われるのは当然だった。

何人かの生徒たちが愛貴とユカに理由を聞きに来た。しかし、2人は「知らない」と答えるしかなかった。

さまざまな噂《うわさ》が流れた。まさに「とんでもない」ことをして退学になったという噂。理由も噂の出所によってさまざまだった。麻薬《まやく》、売春、妊娠《にんしん》……。どれもがまことしやかに流れているのは、他人の無責任さだけではなく、そのどれもが、皆《みな》にとって、遠いようで身近なことだったからかもしれない。

しかし、そんな中で、例の痴漢詐欺騒動《ちかんさぎそうどう》だけが理由にのぼらないのは、愛貴とユカが登校し続けているからのようだった。

愛貴もユカも、真美の噂に何も言わなかった。クラスの中で、愛貴やユカに聞こえても構わない、いや、もしかしたら聞こえるように話している子たちがいても、2人は無視していた。それは、結局は事実を知らないからということもあったが、友達のためにそこまで「熱く」なれないからという理由の方が大きかった。

「言いたいヤツには言わせとけば」

愛貴は冷たく言い放った。ユカもそう思った。かばおうにも、真美はもう、学校にはいないのだ。そして、もう永遠に会わないだろう。ユカは「そんな子のために『熱く』なってもね」というようなほほ笑《え》みを浮《う》かべて愛貴に応《こた》えた。

ユカと愛貴もなんとなく疎遠《そえん》になっていった。学校では話をしていたが、他愛もない話ばかりだったし、放課後に会うことはほとんどなくなった。メールでのやりとりもぐっと減った。

結局、三角形で保っていた関係は三角形でしか保てないのかもしれない。女同士の関係というのは不思議なもので、3人の関係は、誰《だれ》か1人が欠けると、いない子の悪口や陰口《かげぐち》を言うようになる。嫌《きら》いではないくせに、その子の話になり、決してほめたりはしない。いない子の悪口を言うことで、2人の関係の親密さを増そうとするのだろう。だけど、2人になりたい訳じゃない。バランスを保つためには3人が必要なのだ。

愛貴とユカも、真美がいなくなり、バランスが保てないことを感じていた。それは、真美という人間のパーソナリティーが保っていたバランスがあり、3人で保っていたバランスだったからかもしれない。

ユカは、放課後、家にまっすぐ帰る日が続いた。母の帰らない家は、帰るとやはり閑散《かんさん》としていたが、そんなことには疑問すら抱《いだ》かなくなっていた。リビングのソファに座《すわ》り携帯《けいたい》を取り出した時、家の電話が鳴った。嫌《いや》な予感がした。

34
いい年して　出会い系サイトに　はまって

そのうち留守番電話になるだろう。そう思って放っておいたが、電話はいつまでも鳴り続けた。電話を見ると、父が忘れたのか、留守番電話のスイッチが入っていなかった。あまりしつこく鳴り続けるので、ユカはしかたなく受話器をとった。

嫌《いや》な予感というのはどうしてこうも当たるのだろう。そして、嫌な予感がした時に限って、その事態を避《さ》けようがないのはどうしてなのだろう。電話は、ユカの嫌《きら》いな伯母《おば》からだった。

「あら、ユカちゃん。久しぶりじゃない」

ユカは「ええ」、とぶっきらぼうに返事をした。本当に嫌っている人に限って、嫌っていることに気づいてくれないのもどうしてなんだろう。ユカは思った。精いっぱい嫌いだという態度をとっているのに、この伯母は気づく気配もない。その、鈍感《どんかん》さが嫌いな原因でもあるのだけれど。

「元気だった?」

ユカはまた、「まあ」と、ぶっきらぼうに答えた。

「お勉強はどう?」

たいして、関心も無いくせに。ユカは思う。この伯母には、ユカと同い年の女の子がいて、いつでもライバル意識をむき出しにする。だから、ユカの勉強など、本当は興味がない。興味があるとしたら、いかに自分の子の方が出来るかの自慢をしたいだけだ。

「まあまあです」

ユカは少し嫌みを込《こ》めて言った。ユカの嫌みのニュアンスを感じ取ったように、伯母は言った。

「また、お母さん、大変ね」

やっぱりその話だ。父がこの時間、仕事でいないことなど分かっているだろうから、明らかにユカに母のことを言いたくてかけてきたんだろう。

母親がいなくて大変だと思ってるなら、元気とか、勉強はどうかとか、そんなこと聞かなければいいではないか。普通《ふつう》に考えれば元気じゃないし、勉強どころじゃないってことくらい分かりそうなものだ。

「頭、悪いんじゃないの」

ユカは心の中でつぶやいた。まあ、ユカは母がいなくたって、別に元気なんだけど。そう、心のどこかで、笑いながら。

「父なら、仕事ですけど」

ユカは早く電話を切りたくて言った。

「ああ、そうよね。今日は、平日だったわね」

わざとらしく言う伯母。ほんとに、ばかか、この女は。ユカはもう一度思う。

「急用なら、父の携帯《けいたい》に電話してください。番号、言いますから」

ユカがなんとか電話を切ろうと、父の携帯の番号を言おうとしたのを伯母がさえぎった。

「ああ、いいのよ。番号は知ってるから。それに、急いでるんじゃないから。夜にでも、また電話してみるわ」

「そうしてください」。そう言って、ユカは電話を切ろうとしたが、伯母はなおも話し続ける。

「でも、ユカちゃんも大変よね」

ユカはうんざりした。そんなこと、思っちゃいないくせに。

「いいえ、大丈夫《だいじょうぶ》です」

ユカは平然と言った。

「そう？　まあ、慣れてるといえば、そうだものね」

確かにそうだ。ユカは平気だ。慣れてるから。もう、なんとも思わない。でも、それを、この女に言われたくない。

「私、出かけるんで」

「ああ、あら、そう？　何か、できることがあったら、おばさんに言ってね」

伯母は電話を切らせまいと必死だった。ユカは「じゃあ」と無理やり切ろうとした。受話器から耳を離《はな》した時に、また伯母の声が耳に飛び込んだ。

「でも、お母さんもね、今回ばっかりはねえ。あんまりにもひどいわよね」

ユカは少し耳から離した所で、受話器を置けなくなった。聞きたくない。でも続きが聞きたい。

「いい年をしてねえ。出会い系サイトっていうの？　あんなのに、はまっちゃって。今回は、それで知り合った人と出て行っちゃったんでしょう？」

出会い系サイト？　母が？

＊　子どもが大人を嫌うのには少なからず理由がある。子ども達は不用意に自分を傷つける大人を本能的に見抜く。そして大人が思っている以上に、子どもは大人たちの些細な言葉にも敏感で強烈なダメージを受ける。

「何ですか、それ」

思わず、言ってしまった言葉に伯母は喜々として反応した。

「あら、ユカちゃん、知らなかった？　ああ、じゃあ、ごめんなさいね。でも、お母さん、その出会い系サイトにはまって、携帯電話の料金もすごかったのよ。何人かの人とお付き合いしてたみたいだし。私なんか、信じられないわ。顔も見たことない人と、よく、ねえ。で、今回はそのうちの1人と……」

ユカは伯母が話している途中《とちゅう》で電話を切り、持っていた電話の子機を壁《かべ》に投げつけた。

35 お母さん　若くて　きれいで　いいなあ

父はボソボソとコンビニの弁当を食べていた。ユカはその背中に向かって言った。

「お金、ないんだけど」

父は食べている手を止めて、ユカを振《ふ》り返った。

「今日も夕飯食べてないんだけど」

嘘《うそ》だった。本当は夕飯だって食べているし、お金だってまだある。父からは先週2万円もらったばかりだ。そんなことくらいは父だって覚えているだろう。それなのに、父は黙《だま》って立ち上がり、置いてあった自分の財布《さいふ》から1万円札を2枚出して、机の上に置いた。

ユカは黙って机の上に置かれた1万円札を見ながら言った。

「伯母《おば》さんから電話、あったけど」

父は再び食べる手を止めた。ユカは、父が何か言うのを待ったが、父は何も言わなかった。2人の間に、気まずい沈黙《ちんもく》が続いた。耐《た》えられなくなったユカが口を開いた。

「知ってたの?」

父は、答えない。

「お父さん、知ってたの?」

ユカはもう一度繰《く》り返した。それでも父は答えない。

「知ってたんでしょ?　気づいてたんでしょ?」

父はゆっくりユカを振り返り、ユカを見つめた。その視線が、たまらなくユカをいら立たせた。この人は、いつもそうだ。こうやって、母のこと、ユカのことをおびえたような目で見て、自分の言いたいことは何も言わない。そう、昔からそうだった。

「どうすんの?」

ユカは分かりきったことを聞いた。父の目の中のおびえが強くなった気がした。

「どうすんのよ」

ユカがもう一度聞くと、父は、弱く、答えた。

「もう少し、待ってみよう」

「は?」

ユカは強い口調で聞き返した。父はうつむいて、弱々しい口調で続けた。まるで、しかられている子どものように。

「もう少し、待ってみよう。きっと、もうすぐ帰ってくるよ」

「は？」

ユカがもう一度強い口調で聞き返すと、父はもうそれ以上は何も言わず、再び弁当を食べ始めた。

ユカはその背中に言った。

「ばかじゃない」

父は聞こえないかのように、黙って弁当を食べ続ける。

「ばかじゃない」

ユカは今度はどなるようにして父の背中に言った。

「ばかみたい。ほんっと、ばかみたい」

そこまで言っても父が何の反応もしないのを見て、ユカは机の上のお金をひったくるようにつかんで、2階にかけ上がった。

乱暴にドアを閉めて、ベッドの上に座《すわ》る。無性《むしょう》に腹が立つのだが、何に腹が立っているか分からなかった。母が男と出て行っても、もうユカは何とも思わないはずだった。それを許し続ける父のことも。それなのに、何に腹が立っているのだろう。

携帯《けいたい》が鳴った。メールの着信を知らせる音だった。携帯を取り、メールを開く。出会い系サイトの未承諾《しょうだく》広告だった。こんな時に限って。そのメールをぼうっとながめた。ボタンさえ押《お》せば、表示されているアドレスにつながる。ユカは、そのページを開いている母の姿を想像した。そして、見知らぬ相手とメールのやり取りをしている母の姿を。

「ユカちゃんのお母さんは、いつもきれいね」

「いいなあ、ユカちゃんのお母さん、若くて、きれいで」

授業参観や保護者会の度《たび》に言われていた。そしてその言葉通りに母を自慢《じまん》に思っていたのは、その母の美しさの中に、たまらない男性へのこびを見なくてすんだ、幼いうちだけだったように思う。

「出会い系サイトか……」

ユカはつぶやく。

「親子そろって」

ユカは笑う。親子そろって同じことしてるなんて。そのままユカはケタケタと笑い出した。

おろかな父のことを笑っているのか、いい年をして男におぼれる母を笑っているのか、結局母と同じように生きている自分を笑っているのか分からなかった。

Ⅳ

一番苦しい悩みって　言えない

36
おうちに電話しても　どなたも出ないのよ

「桐原《きりはら》さん」

廊下《ろうか》で養護教諭《きょうゆ》に声をかけられ、愛貴《あき》は立ち止まって振《ふ》り返った。教師は後ろから小走りに愛貴に駆《か》け寄った。

「もう、帰るの?」

並んで歩きながら愛貴に聞いた。

「今日、レッスンなんで」

「ああ、あなたは何かいろいろ習い事しているんだったわね」

愛貴は、彼女《かのじょ》の聞きたいことの予想がついた。2人はしばらく並んで歩いた。

「紺野《こんの》さん、しばらく学校に来ていないみたいだけど?」

やっぱり。そう思いながら愛貴は答えた。

「ええ」

「何か、聞いてる?」

「いいえ、何も」

愛貴はそう答えた後、つけ加えた。

「さっき、担任の先生からも聞かれたんですけど」

教師は、「そう」と小さくつぶやいた。

「連絡《れんらく》とか、しないの？」

「最近はメールも来ないです」

教師が何か言いたそうなそぶりを見せたので、愛貴は言いたいことを察して言った。

「この間、一度送ったんですけれど、返事来なくって」

教師は納得《なっとく》したようにうなずいた。

ユカはもう1週間、学校に来ていない。愛貴は4日目にメールを送ってみたが、返事がこなかったのでそれ以上は送っていない。

「電話は？」

「してません」

教師はまた、「そう」とつぶやいてから言った。

「担任の先生から聞いたかもしれないけれど、おうちに電話してもどなたも出ないのよ。欠席の連絡もないし」

担任も同じことを言っていた。

2人はまたしばらく黙《だま》って歩いた。

「あなたたちって、不思議ね」

教師はひとり言のようにつぶやいた。愛貴は自分とそう年の変わらないように見える養護教諭の顔を見た。

「なんか、すごく仲がよく見えるのに、どこか、無関心っていうか」

教師の言いたいことは分かった。本当は、冷たい、と言いたいんだろう。友達が1週間も休んでいるというのに、連絡もしようとしないことに。

「もう、子供じゃないんだし。学校休むのくらい、友達に連絡しないことだってあるでしょう?」

愛貴は言った。それに……。心の中でつぶやく。ユカは、真美《まみ》とは違《ちが》うんだから。

実際、愛貴は真美の時のような漠然《ばくぜん》とした不安は抱《いだ》いていなかった。ユカは自分の意思で、自分で決めて休んでいるのだろう。そう思えるのだ。それが、どんな理由であるにせよ。

「じゃあ」

愛貴はそう言って、教師から離《はな》れた。教師はまだ何か聞きたそうだったが、引き留めはしなかった。

愛貴は学校を出て、歩きながら考えていた。

ユカは自分で考えて、自分の意志で休んでいるのだろうと思う。ユカはバカじゃないから、出席日数のこともちゃんと考えているだろう。

しかし、何かひっかかる。メールを送って、これだけ返事がないのは珍《めずら》しい。

それに、どうして家に電話しても誰《だれ》も出ないのだろう。愛貴の家は、確かにいつも親はいなくて、家政婦か兄か愛貴しかいないけれど、普通《ふつう》は少なくとも夜くらい、母親がいるのではないだろうか。ユカと夜、携帯《けいたい》で話していた時、電話を通して、ユカのお母さんの声が聞こえたこともあった。

「なんなんだろ」

ユカの家にも、何か事情があるのだろうか。そう、真美のように。

家に帰った愛貴は、冷蔵庫を開け、ペットボトルの水を出した。ダイニングテーブルの上には、いつも通り、家政婦のつくった食事が、愛貴と兄の2人分あった。愛貴はためらいもせず、1人分をゴミ箱に捨てた。

グラスに入れた水を持ってソファに座《すわ》る。電話、してみようか。そう考えて、ユカの携帯をダイヤルしてみた。プ、プ、という音がしばらく続いた後に聞こえたのは、「ただいま、電話に出ることができません」という機械の声だった。

愛貴は電話を見つめた。気にすることはないのかもしれない。でも……。そして愛貴は、ユカの自宅の番号も、やはり知らない自分に気づいた。

37
あたしんち　泊ってもいいよ

「かんぱーい」

ざわついた居酒屋《いざかや》の店内で、グラスのぶつかり合う音が響《ひび》く。

「もう、今日は飲も！　ユカ、おごっちゃう」

「なあに、ユカ気前いいじゃん」

「今日は、とか言って、昨日も飲んでたじゃん」

笑い声が響く。

「だって、今日のオヤジちょー気前良かったんだもん。もう、今日はユカに任せちゃって」

ユカは胸を張るようにして言った。

「ユカ、サイコー」

ひやかすように、何人かが拍手《はくしゅ》した。そうは言いながらもユカはちょっぴり心配になった。今、何人いるんだろ。これからも増えるのかな。お金、足りるかな。

「なんだよ、ユカ。何やったんだよ。いくらもらったんだよ」

隣《となり》に座《すわ》っているタカシがユカの肩《かた》を抱《だ》き、顔を近づけてささやいた。

「内証《ないしょ》だもーん」

タカシはちょっと顔をくもらせたが、「ま、いっか」と小さくつぶやいて、それ以上は何も言わなかった。ユカはタカシと付き合っていることになっているらしかった。ユカもよく分からないのだが。

本当は、オヤジが気前がよかったというのは嘘《うそ》だ。ユカは今日の朝、父親がいない時間を見計らって、家に帰り、家にあった10万円を持ってきたのだ。そのお金は多分、何かに使う予定だったのだろう。きちんと封筒《ふうとう》に入れて机の上に置かれていたが、ユカはそれを見つけるとためらわずに中身だけ抜《ぬ》き取り、空になった封筒を、ポンと机の上に投げた。きっと父はユカが持って行ったのだと気づいているだろう。

父からは何度か電話があったが、うっとうしくなったので父の携帯《けいたい》と自宅からの電話を着信拒否《きょひ》にしてしまった。父はまだ電話してきているのだろうか。父は携帯の着信拒否なんて機能、知らないかもしれない。

「ユカ、今日どうすんの?」

＊　子どもが金銭で問題を起こしたり、お金の使い方にルーズになっている時は家庭内の金銭管理をしっかりして下さい。盗った子どもを責める前に、盗ることの出来ない環境を作る事が大事です。

ユカの目の前に座っているユリという子が聞いてきた。街で遊んでいる時に知り合って仲良くなった子だ。そう、ここにいるのは皆《みな》、夜、遊んでいる時に知り合った友達ばかり。でも、今のユカには、この仲間が一番信頼《しんらい》できる。

「誰《だれ》か泊《と》めて」

ユカは甘《あま》えた口調で言った。すかさずタカシが言った。

「俺《おれ》んち、泊まっていいぞ」

タカシはアパートで一人暮らしをしている。確かに、気がねなく泊まれるのは泊まれるのだが、ユカは最近、彼氏《かれし》づらをするタカシがちょっとうっとうしくなっているので、「うーん」と首をかしげた。

「あたしんち、泊まっていいよ」

ユリが言った。ユリの家には今までも何回か泊めてもらっている。ユリは親と一緒《しょ》に住んでいるのだが、親は別に何も言わないらしい。ユカは、泊まっていてもユリの親に会ったことはない。でも、明け方帰って、夕方には出てきてしまうのだから、会わないのも当然なのかもしれない。

「ほんとー？　うれしい！」

ユカははしゃいだ声を出した。今日の朝、帰って着替《きが》えも少し持ってきたから、しばらくは帰らなくてもいい。ユリの家はシャワーも浴びさせてくれるし。

もう、どのくらい、学校に行っていないんだっけ。ユカはふと考えた。こうして、一晩中遊んで、誰《だれ》かの家に泊めてもらって、翌日の夕方からまた遊ぶ。そんな生活をどのくら

＊　大人にとって意味などないただの遊び仲間に見えても、子ども達はそこに何らかの意味を見出しています。それは愛情欲求や所属欲求であったり、時には互いに知らない内に本能的に同じ悩みを抱えている子達が集まり、感覚的に悩みを共有しています。

い、続けているのだろう。

「バイト、しよっかなー」

ユカはつぶやいた。

「紹介《しょうかい》するよ」

誰かが言った。日払《ひばら》いのバイトでもあれば、それもいいかもしれない。お金のことは考えなきゃいけない。

でも、ユカはどこかで冷静に考えている。こんな生活は長くは続かないだろう。ずっと人の家を泊まり歩いているわけにもいかない。バイトしてお金を稼《かせ》いだって、一人暮らしを始められるわけじゃない。そんなことは分かっている。でも今は、そんなことは考えたくない。こうして毎日ばか騒《さわ》ぎをしながら、楽しく笑って過ごしていたい。家も学校も、もうどうでもいい。

ユカがすべてが面倒《めんどう》になったのは、母のことがショックだったからじゃない。母は関係ない。ユカは、そう思っている。ただただ、楽しいのだ。そう、落ちてゆくのは、なんて楽しいんだろう。

38
何も知らないのに　どうして信頼できるの

「もう電車走ってるー?」

輪になって、地べたに座《すわ》り込《こ》んで話していた時、誰《だれ》かが声を上げた。

「うん、そろそろ走ってる」

誰かが答える。

「あたし、そろそろ帰ろっかなー」

「あたしもー」

何人かが立ち上がった。居酒屋《いざかや》で夜中まで飲んで、カラオケに行き、それでもまだ始発電車は走っていなかったので、シャッターの閉まっている店の前に皆《みな》で座り込んで話した。そのうち朝になった。最近は毎日がこんな感じた。でも、もう少し寒くなったら、外での夜明かしはきついだろう。そうしたら、ファミレスででも時間をつぶすのかな。ユカはぼんやりとそんなことを考えて、帰ってゆく子に手を振《ふ》った。

昨晩遊んでいた子たちの中には、昨日初めて会った子もいた。誰かの友達、友達の友達、そんな感じで人数が増えていくことはよくある。名前を覚えてない子もいるし、いくつなのか、何をしているのかを知らない子も多い。でも、そんなことは別に関係ない。楽しく遊べればそれでいい。

「あたしたちも、そろそろ行くー？」

ユリがユカに声をかけた。

「そうだねー」

ユカは立ち上がって伸《の》びをした。

「なんか、おなかすいたね。何か買って帰ろっか」

ユリが言った。何か食べて、それから寝《ね》て、夕方起きてまたここに来る。来れば、皆がいる。遊ぶお金は、昨日はユカが結構払《はら》ったが、おごってもらう時もある。大人たちには信じられないかもしれないが、それで結構成り立っている。「長く続きはしない」。ユカの中の冷静なユカはどこかでそう思ってもいるけれど、「このままでもなんとかなるんじゃないか」と思っているユカもいる。要は、先のことなんか分からない。それだけだ。

「どうする？　それともどっかで何か食べてく？」

ユリがユカに聞いた。

「どっちでもいいよお」

ユカはのんびり答えた。

ユリは専門学校に行っていたらしいが、今は行っていない。ユカもあまり詳《くわ》しく聞こうとは思わない。ユカも家のこととか学校のこととかは話していないし。おたがいのことはあまり詳《くわ》しく知らないけれど、ユリとは気が合うし、信頼《しんらい》できる。「何も知らないのに、どうして」と聞かれたら、うまく説明できないけど。大人たちには理解できないかもしれないが、信頼できる。話していてそう感じるのだ。よく知っているからといって信頼できるわけじゃない。ユカはそう思う。

「でも、タカシがっかりしてたんじゃん？　ユカが泊《と》まってくれないから」

「だって、あいつ、最近うざいんだもん」

「かわいそー」

2人は歩きながら大げさに笑った。そのままじゃれるように笑いながら、ゆっくり駅に向かう。

「ユカ、マジでバイトしよっかな」

「バイトすんの？　うちなら、いくら泊まってもいいよ。親、なんも言わないし」

ユリが気さくに言う。

「ありがとー」

ユカはユリに抱《だ》きついて、笑った。

「でもねー、お金はいるし、服とかも買いたいじゃん」

ユリは、「確かにねー」とうなずいた。

「探せば、なんかあるんじゃない？　履歴書《りれき》なんてテキトーに書いちゃえばいいんだし」

「そうだねー。なんか探してみよっかな」

そうしようかな。ユカはちょっと真剣《しんけん》に考え始めた。いつもいつも家に帰ればお金があるってわけじゃないだろうし。化粧《けしょう》すれば年はごまかせるだろう。昨日思ったように、バイトしたからって一人暮らしができるわけじゃないとは思うし、もう絶対、家には帰らないと決めてるわけじゃない。着替《きが》えにも帰りたいし。でも、現実にお金はいる。

駅を目の前にした交差点の赤信号で2人は立ち止まった。

「うちの近くのコンビニで何か、買おっか？」

ユリの言葉にうなずいたその時、ユカは後ろから肩《かた》を叩《たた》かれた。

「ちょっといいかな？」

39　どれだけ　心配したと思っているの

「名前は紺野《こんの》ユカ。住所は……」

目の前の中年の男がユカに向かって言っているのをユカはうんざりしながら聞いていた。

ユカが何も返事をしないので、男はあきれたように言った。

「で、学校は……」

「間違《まちが》い、ないね」

ユカは仕方なくうなずいた。

「家には、連絡《れんらく》したから。もうすぐ親御《おやこ》さんが迎《むか》えに来るから」

ユカは心の中で舌《した》打ちした。

最初はずっと黙《だま》りとおしていた。でも、黙っていたって帰らせてくれるわけじゃないと分かってはいたので、仕方なく名前と住所を話した。どうせ迎えに来るのは父親だ。たいして叱《しか》られはしないだろう。しばらくおとなしくしていれば、どうせすぐにまた何も言わなくなるに決まっている。

学校名を言うかどうかは迷ったが、結局父親が迎えに来るのだから、隠《かく》している意味もないか、と思って正直に話した。もう学校なんかどうでもいい気もした。そろそろ、出席日数もやばくなっているかもしれないし。

早朝、ユカは駅を目の前にした交差点でいきなり後ろから肩《かた》を叩《たた》かれ、その場で「補導」された。ユリも一緒《いっしょ》だったが、別々の部屋に入れられたので、ユリがどうなったのかは分からない。ユリはもう帰ったのだろうか。後で、メールでもしてみよう。

なんでユカが補導されたのかはよく分からなかった。ユカくらいの年の子なんて、街にはあふれているのに。でも、どうやらユカの父親はユカの写真を持って、ユカが遊んでいそうな街の警察に、何度も相談に来ているらしかった。

「お父さん、すごく心配してるぞ」

そう言われても、ユカにはピンと来ない。父がそんなことをするとはどうしても思えないのだ。困ってオロオロして、捜《さが》し回りはするかもしれないが、最後にはどうすることもできなくて諦《あきら》めているだろう。そう思っていた。警察に相談に行くなんて、あの人らしくない。釈然《しゃくぜん》としなかった。でも、もう仕方がない。とりあえずしばらくおとなしくしていよう。久しぶりに学校に行ってみるのもいいかもしれない。そうだ、愛貴《あき》はどうしているんだろう。ユカは、久しぶりに愛貴のことを思った。

「いらしたよ」

そう言われて、窓の方を見ていたユカはドアの先を見て、ぼう然とした。

「ユカ！」

甲《かん》高い声がした。立っていたのは母だった。

「あんた、何やってるの！」

母はユカに走りより、いきなりユカのほおを、平手で打った。その瞬間《しゅんかん》、ユカはすべてを理解した。すべて母のやったことなのだ。父が警察に相談に行ったのも、母の差しがねなのだ。そうだ、いかにも母のやりそうなことではないか。ユカがこうやって、家に帰らずに過ごしている間に、母はまた何事もなかったように家に帰り、そしてその母を父もまた何事もなかったように受け入れたのだ。どうせまた、男とうまくいかなくなって、帰ってきたのだろう。

打たれたほおを手で押《お》さえながら、ユカは黙って母を見た。

「何、その目は」

母は負けずにユカをにらみつける。

「どれだけ、心配したと思ってるの。お父さんなんて毎晩捜し歩いたのよ。警察にも何度も行って」

なんて、余計なことを。

「カンケーないでしょ」

ユカは小さくつぶやいた。

「何？」

母はキッとユカを見る。

「カンケーないでしょ、って言ったの」

ユカは母に向かって言い放った。

「なんなの、親に向かってその言い方は」

母はもう一度、ユカを平手で打った。

「あんたって子は。親にどれだけ心配かければ気がすむの」

この人は、いつもこうだ。自分のことを棚《たな》に上げて平気でユカを叱《しか》る。あんたにだけは、そんなこと、言われたくない。ユカは冷めた目で母を見つめた。少し離《はな》れた所に立つ父は、いつものように、何もできずにただ黙って2人を見つめていた。

＊　子ども達が親に過剰な心配をかける時というのは、口では「放っておいて」と言いながらも心配して欲しい何かを抱えている時です。ただ干渉したり行動を規制したりするのではなく、子どもが何を求めているのかを考えてみて下さい。

40

進級できないなんて　やめてちょうだい

母が帰って来たのは、ほんの1週間くらい前らしい。母は何も言わないし、父もはっきりは言わないけれど、いつものように、何事もなかったように帰ってきた母は、ユカの行動を父から聞いて激怒《げきど》した。そしてそれから毎日、夜、父にユカを捜《さが》させ、毎日ユカの写真を持たせて警察へ相談に行かせた。

父と母から、具体的に聞いたわけではないが、家に帰ってからの母の長々とした説教の中から読み取った感じでは、そんなところのようだ。

「まったく、あんたって子は」

母はぶつぶつと言い続ける。

「学校にも、全然行ってないっていうじゃないの。どうするの？　進級できないなんて、やめてちょうだいよ」

ユカは、横を向いて、うんざりしながら母の説教を聞いていた。

「お金は、何に使ったの」

そうなのだ、母が一番腹を立てているのは、あの10万円なのだ。ユカのことが心配とか言ってるけど、ユカがあのお金を持って行ったことで、母は、本当に「キレた」のだ。

「ユカ、何に使ったの」

母が、頭を思い切り叩《たた》いた。ユカは、母と話す気なんて全然しなかったし、別に反省もしていない。

「うるさいな」

「覚えてないってあんた、10万円よ。大金じゃない」

「覚えてない」

母は、自分がどうして出て行ったかを話そうとはしないし、ユカと父に謝《あやま》ろうともしない。母は、父とユカを置いて平気で男と出て行くくせに、家にいる時は思い切り母親ぶる。それがユカにも許せない。ユカはとうの昔にこの人が母だという意識をなくしている。

「もう、ほっといて。ユカ、眠《ねむ》いんだけど」

「あんた、何言っているの、自分が何したか分かっているの?」

母のどなり声が寝《ね》不足の頭に響《ひび》く。

「分かった、分かった。ごめんなさい」

ユカは立ち上がった。

「待ちなさい。ユカ」

母の声を無視して、ユカは自分の部屋に向かう。母がユカの腕《うで》をつかんで、引き留めた。

「本当に分かってるの?」

「分かったってば」

ユカは母の手を払《はら》いのけた。

「お母さん、考えるから」

「は?」

ユカはふり返った。

「これからあんたはどうするか考えるから」

ユカは返事をせずに2階に向かった。

学校、行こうかな。ユカはぼんやり思う。母が家にいるのなら、学校に行ってた方が、まだいいかもしれない。でも、確か2週間は休んでる。行きづらい感じもする。クラスメートはまたいろいろうわさしてるだろう。愛貴《あき》は、どう思っているだろう。

ユカは、自分の部屋に入り、ベッドに横になった。そのままガサガサとかばんの中をさぐり、携帯《けいたい》電話を取り出した。少し前に、珍《めずら》しく愛貴からメールが来ていたのを思い出したのだ。でも、今、返事をする気にはならなかった。

ユカは寝転がったまま携帯を放り出し、天井《てんじょう》を見つめる。母に何度も叩かれたほおがジンジンと痛んだ。ユカはほおにそっと手をやる。

「痛い……」

そうつぶやいたら、涙《なみだ》が出て来た。一度あふれた涙は止まらなかった。

悲しかった。自由な、楽しい毎日を終わらされたことが。悔《くや》しかった。叱《しか》られたことが。ユカだけが悪いと叱られたことが。

ユカの何が悪いというのだろう。母は悪くはないのだろうか。どうして父は何も言わないのだろう。許せない。父も、母も許せない。でも、ユカは母を責められなくて、反発しきれない。そんな自分も、たまらなく、悔しくて、悲しい。

どこかでユカは思ってしまうのだ。叩かれると、母のことを怖《こわ》いと思ってしまうのだ。そして、帰って来た母を見ると、もう出て行ってほしくないと思ってしまうのだ。関係ない、好きにすれば、と思っているはずなのに、どこかでその思いが捨て切れない。だから、ユカの中の何かが母の言うことを聞こうと思ってしまう。それが、たまらなく悔しくて、悲しい。

もう、嫌《いや》だ。こんな家、もう嫌だ。ユカは、ただただ、泣き続けた。

41 珍しいわね　あんたから　声をかけてくるなんて

「先生」

ふいに後ろから呼び止められ、養護教諭《きょうゆ》の高橋順子《たかはしじゅんこ》は振《ふ》り返った。桐原愛貴《きりはらあき》が小走りにやってくるところだった。

「桐原さん」

愛貴の方から声をかけてきたのがあまりに意外だったので、順子は思わず言った。

「珍《めず》しいわね。あなたから声をかけてくるなんて」

愛貴は順子の方を見たが、特にその事については返事はせずに、順子の横に立って歩き始めた。

順子は少し慌《あわ》てて歩みをそろえた。

「紺野《こんの》さん、退学ですか？」

愛貴は視線を前方からそらさずに言った。

「どうして？」

順子は愛貴の顔をのぞくように尋《たず》ねる。

「担任の先生がそう言ったの？」

「いいえ。担任の先生は何も言いません。でも、出席もとろうとしないんで」

なるほど、と順子は心の中でうなずいた。何の説明もなく出席をとらなくなれば、そう思うのは当然だろう。まさか順子からベテランである担任教師に注意をするわけにはいかないが、もう少し考えてもいいものではないだろうか。形だけでも出席はとる、とか。

「あなたは連絡《れんらく》はとっていないの？　紺野さんと」

愛貴の質問にどう答えたら良いものか考えながら順子は尋ねた。

「メールは送信エラーになっちゃいます。電話も通じない。携帯《けいたい》、変えたみたい」

順子は自分の口元に手をやりながら少し考えた。その順子の考えを察したかのように愛貴が言った。

「自宅にも、電話しました。でもずっと誰《だれ》も出なくて。1回だけお母さんが出たけど、『ユカの方から電話させます』って言ったっきり」

愛貴はため息をついた。

「もう出席日数も足りないだろうから、仕方ないですよね。ユカは留年してまで頑張《がんば》るタイプじゃないし、学校だって、留年者なんて出したくないだろうし」

順子は、結局うまい答えを見付けられずに言った。

「私も、詳《くわ》しい事は聴《き》いていないのよ。保健の先生だしね」

自嘲《じちょう》するように笑う。本当の事だった。しょせんは担任でもなければ教科を持っているわけでもない。どこかで一線を画されている。そんな感じは否《いな》めない。

「でも、あなたと一緒《いっしょ》にこのまま進級するっていうのは無理でしょうね」

愛貴は小さな声で、そうですよね、とつぶやいた。

「ねえ、あなたたちって、悩《なや》みとか、相談しあったりはしないの?」

愛貴が普段《ふだん》よりも、口数が多いように思えて、順子は思わず疑問を口に出してみた。

「あなたたちくらいの年齢《ねんれい》だったら、悩みとか、たくさんあるでしょう? 彼氏《かれし》のこととか」

くだけた口調で、媚《こ》びを含《ふく》まないように言ったつもりだった。しかし愛貴は冷たい口調で言った。

「先生って、やっぱり悩みとかきいてあげたいって思って保健の先生になったんですか?」

愛貴が鋭《するど》い視線を投げた。順子は見透《みす》かされてしまったようで、思わずうつむいた。話の分かる先生、そう思われたい。その気持ちは順子の中に確かにあった。順子は答えられないまま、2人の間に沈黙《ちんもく》が流れた。

「『私悩んでるの』とか言う人ってほんとは全然悩んでなかったりしません?」

沈黙を破って愛貴が唐突《とうとつ》に言った。

「一番苦しい悩みって、本当は誰《だれ》にも言えないんだと、私は思います。口に出せるようになった時って、もう自分なりに結論が出てる時だって」

確かに、愛貴の言う通りだと思う。人は、一番苦しい時には悩みを口に出す事は、きっと出来ない。順子は愛貴の凛《りん》とした横顔を見つめた。一体何がこの子をこんなふうに大人にしたのだろう。

「じゃあ、レッスンなんで」

愛貴は順子に軽くお辞儀《じぎ》をして背を向けた。順子は黙《だま》ってその後ろ姿を見つめた。

42
関係ないって言ったの　あんたは

結局愛貴《あき》は、その日、英会話のレッスンを休んでしまった。英会話は嫌《きら》いではないけれど、なんとなく、そういう気分になれなかったのだ。

ユカが退学したらしい事が気にかかってもいた。ショックというほどではないが、やはり気になるのは事実だった。ユカは高校を卒業して、大学に行くつもりだと言っていた。そうしなければ、社会では生きてゆけないという事を知っていた。そしてそれを十分実行出来る頭がユカにはあった。そのユカが自分から高校を辞《や》めるとはどうしても思えない。でも、愛貴は思う。愛貴だってユカだって、高校が好きなわけじゃない。もう小学生のころから、大学まで行くのが当然だと思っていて、だから高校に行くのはもっとあたり前の事だった。そう、あたり前の事だったから、その意味なんて考えていない。大学に行ったその先に、何かがあるとも思っていない。だから、積極的に辞めたいとは思わなくても、愛貴だって、辞める事に抵抗《ていこう》があるわけなんかじゃない。

愛貴は歩きながら空を見つめた。何をしてもつまらない。ユカたちとばか騒《さわ》ぎをしてるのは、確かに楽しかったけれど、その場だけの事だ。オヤジたちと遊んで、物を買ってもらうのも、もういいかげん疲《つか》れるだけになってきた。その場は確かに楽しいような気がするけれど、いつもいつも体にまとわりつくような退屈《たいくつ》さからは逃《のが》れられない。

玄関《げんかん》を開け、ダイニングに入ると珍《めずら》しく机の上に食事が並んでいなかった。愛貴は冷蔵庫から水を出して、コップに移してソファに座《すわ》った。

「愛貴」

一口水を飲んだところで、階段の上から声がした。階段の上に、母がいた。愛貴は黙《だま》って母を見つめた。最近母は時々家に帰ってきているらしかったけれど、ほとんどがすれ違《ちが》いで顔を合わせるのは久《ひさ》しぶりだった。母は黙って階段を下りてきて、愛貴の前に立った。

「これは何」

どさり、とたくさんの洋服やかばんが置かれた。愛貴がオヤジたちからプレゼントされた、高価な服やバッグだった。

「これは、いったい何」

母はもう一度言った。張《は》り詰《つ》めたヒステリックな母の声には、怒《いか》りがみなぎっていた。

「あんたの部屋の中、全部、見たわよ」

母は憎々《にくにく》しげに愛貴を見つめ、続けて言った。

「こんな物を買えるほどのお金、なんであんたが持ってるの」

愛貴は黙って母を見つめた。答える気はなかった。答えたって答えなくたって、どうせ同じことなのだから。

「黙っていないで何か言いなさい」

母が1歩愛貴に近づく。2階から、静かに階段を下りてくる兄の姿が見えた。

「あんた一体、何やってるの。やっぱりおかしなバイトでもしてるんじゃないの？」

母は愛貴の髪《かみ》の毛をつかんだ。

「答えなさい！」

ヒステリックな怒鳴《どな》り声が響《ひび》く。

「関係ないでしょ」

愛貴は母の手を振《ふ》り払《はら》って言った。

「何ですって？」

「関係ないでしょ、って言ったの。あんたは」

母は体を震《ふる》わせ、愛貴の頬《ほほ》を思い切り叩《たた》いた。

「何て事言うの、親に向かって」

母が今度は愛貴の襟元《えりもと》をぐいとひっぱったので、愛貴は思い切りその手を払った。

「ほっといてよ。なんだっていいでしょ？」

母は両手を握《にぎ》り締《し》めて、愛貴をにらみ付けた。

「それがあんたの本性《ほんしょう》よ」

母は愛貴をにらみながら言う。

「どうせ、おかしなバイトでもしてお金稼《かせ》いでるんでしょう。この、あばずれ女」

母は愛貴を無理やりに立たせ、思い切り愛貴を殴《なぐ》り続けた。愛貴は逆らいもせずにただされるがままになった。もう、痛みは感じなかった。けれど、少しずつ、頭がぼおっとしてくる感じがした。

母が近くにあったペットボトルで思い切り愛貴の体を殴った時、愛貴の足元がふらついた。そして、そのまま意識が遠のいていった。

叫《さけ》びながら走り寄ってくる兄の姿が最後に残った。

「愛貴」

43 親が言いたがらないときは　無理には聞かないの

その教室には全校で唯一《ゆいいつ》、三つの空席が出来た。ジグソーパズルのピースが足りないかのように、その空席は違和《いわ》感を持って存在していた。教室内の誰《だれ》もが、その空席を気にしてはいたけれど、原因を誰も追及《ついきゅう》しようとはしなかった。それはしてはいけない事だと思っているのか、本当の所では他人の事など興味がないのか、誰もが気にしながら見てみぬふりをしているうちに、三つの机は知らぬ間に取り除かれた。ジグソーパズルは3ピースを取り除かれたまま、多少いびつながらも形を作り、いつしかその形に皆《みな》が慣れてゆく。その三つの空席の事も、次第《しだい》に皆忘れてゆくのだろう。

廊下《ろうか》から愛貴《あき》とユカと真美《まみ》のいた教室を眺《なが》めていた養護教諭《きょうゆ》、高橋順子《たかはしじゅんこ》はふうっとため息をつき、歩き出した。保健室に戻《もど》ろうと、職員室の前を通り過ぎた時に、ちょうど職員室から出てくる見るからに高価そうなスーツに身を包んだ夫婦《ふうふ》が目に入った。夫婦は扉《とびら》の所で会釈《えしゃく》をし、ゆっくりと歩き出した。歩き出すとすぐに、2人の間には大きな距離《きょり》が出来た。

なんとなく予感がして、職員室の入り口の所をのぞくと、やはり愛貴とユカと真美の担任が立っていた。

「先生、今の……」

順子がそう言うと、担任は疲労《ひろう》をにじませた表情でいった。

「桐原《きりはら》愛貴のご両親よ」

「やっぱり……」

父親の顔立ちが、愛貴によく似ていた。

「それで桐原さん、やっぱり正式に退学ですか?」

「ええ」

担任は苦々しい顔をして、手で順子に職員室の扉を閉めるように指示した。

「理由はなんなんですか?」

「詳《くわ》しい事は聞かなかったわ。紺野《こんの》ユカの時もそうだったけれど、親が言いたがらない時は、私は無理には聞かないの」

順子はあいまいにうなずいた。そんなものだろうか。曲がりなりにも教師であって、自分の教え子が退学するというのに、理由が気にならないのだろうか。

「まったく、どうしてこんな事になったのかしら。3人も退学なんて」

女性教師はいまいましげに言う。彼女《かのじょ》にとってみれば、退学の理由なんかよりも、自分のクラスから3人も退学者が出た事が不名誉《めいよ》でならないのだろう。当然、教師としての評価にも影響《えいきょう》は出る。ただでさえ退学者などめったに出ない学校なのだ。

「不思議な、子たちでしたね」

女性教師がイライラとつめをかんでいるのを見ながら順子は言った。3人がいなくなった今、彼女の本音を聞いてみたかった。

席の椅子《いす》を勧《すす》めた。

「あ、ああ、そうね」

最初、彼女は上の空で答えたが、順子が次の言葉を待っているのに気づいて、順子に自分の隣《となり》の席の椅子を勧めた。

「そうね。不思議……　うちの学校には珍《めずら》しい子たちだったわね」

彼女はたった今預かったらしい、桐原愛貴の自主退学届を手にとった。

「私には、最後まであの子たちの事がよく分からなかったわ。田中真美《たなかまみ》はまた少し問題が別だけれど、分からなかった事は同じ」

担任教師の表情は、さきほどよりは穏《おだ》やかになっていた。

「あなたはどう思ってた？　あの３人の事」

逆に尋《たず》ねられ、順子は少し戸惑《とまど》った。このベテラン女性教師から意見を求められたのは、初めての事のように思えた。

「私にも、分かりませんでしたけれど」

考えながら言葉を紡《つむ》ぐ。

「でも、田中さんの家庭事情に気づいたのはあなたが一番最初だったわよね」

順子は、ああ、とつぶやいて言った。

「先生のおっしゃった通り、田中さんの問題は少し別でしたから。私は教科とか持たない代わりに、そういう勉強はしなくちゃいけないと思ってたんで、多少の知識は」

「私なんて、全然気づかなかったわ」

反省しているんだろうか。順子は女性教師の横顔を見つめながら言った。

「ねえ、少し、外で話さない?」

彼女の誘《さそ》いに、順子はゆっくりうなずいた。

44 大人になるって　そう言うことかも知れません

2人は最初、校内のカフェテリアに行ったが、思ったよりも生徒たちがたくさんいたので引き返した。ほかに話が出来る場所を思い付かず、結局2人は保健室に入った。順子《じゅんこ》に促《うなが》され、教師はソファに腰《こし》をおろし、長いため息をついた。順子は教師の前にコーヒーを置いた。


「ああ、ありがとう」

彼女《かのじょ》は順子の置いたカップを取り、つぶやいた。

「参ったわ、本当に」

彼女の眉間《みけん》に皺《しわ》を寄せた表情を見ながら、順子は言った。

「校長先生は何か?」

女性教師は順子の質問の意味をはかりかねているように首をかしげたか、少し考えてからほほ笑《え》んだ。

「大丈夫《だいじょうぶ》よ。私くらいのベテランになると、そんなに非難されたりはしないの」

彼女はいったん言葉を切って続ける。

「でもね、私だって落ち込《こ》んだりはするの。教師としてのプライドというか、ね。自分のクラスから3人も退学者が出たんですもの。自分の力量を疑っちゃうわ」

順子は意外な思いで教師の言葉を聞いていた。

「私はね、あの3人とちゃんと話したこともあまりないの。もちろん、ほかの生徒たちだってじっくり話したことがある子の方が少ないけれど。でもあの3人とは特に話さなかったわ。苦手だったのね。私自身が。あの子たちのこと」

「どうしてですか?」

順子の質問に女性教師は苦笑《くしょう》した。

「どうしてかしら。なんかこう、私の方がばかにされているような気がしてしまって。そういう年齢《ねんれい》でもあるんだけれど、なんか近寄りがたいって感じがして」

「それは分かります」

順子はうなずく。

「近寄りがたいんだけど目が離《はな》せない。そんな感じは私もしてました」

「あら、あなたも?」

教師は意外そうに、でも少し嬉《うれ》しそうにほほ笑んだ。そしてまた表情を引き締《し》めて言った。

「あの事件、あったでしょう?」

「痴漢詐欺《ちかんさぎ》ですか?」

教師はうなずく。

「私はね、あの子たちのこと疑ってたわ。もちろん、言葉には出さなかったけれど。あの3人だって決め付けてた。そういうのも、あの子たちには伝わったんでしょうね」

それはきっとそうだろう。けれどそれはこの女性教師だけではない。おそらく学校のすべての教師が、3人を疑っていた。逆に言えば、3人はそれだけ目立つ存在だったのだ。

「あなたは、何か悩《なや》みとか、聞いたことあるんじゃない？　あの子たちの。私とは立場が違《ちが》うし、年も近いから」

順子はゆるゆると首を横に振《ふ》った。

「いいえ、一度も。話しかけてもあまり答えてくれませんでした」

「そう……」

2人は黙《だま》ってコーヒーをすすった。少しためらってから順子は言った。

「何か悩みがあるじゃないか、みたいなことを言ったことはあるんですけれど。桐原《きりはら》さんに。でも言われちゃいました。『本当に悩んでる人間は、相談なんかしない』って」

順子は自嘲《じちょう》するように笑った。

「何でも話せる、話の分かる先生になりたいって思ってました。悩みとか相談にものってあげて。だから養護教諭《きょうゆ》になったんです。でも、私自身が高校生だったころとかを思い出すと、『何か悩みがあるなら話してみて』なんて、わかったような顔して言ってくる大人、大嫌《だいきら》いだったような気がします。あんたに何がわかるのって反発しちゃって」

女性教師は黙って順子の言葉を聞いていた。

「それなのに、いつからそんな言葉をためらわずに言えるようになっちゃったのかし

＊　言葉の上では「好きにしていいのよ」と言われながらも大人が向けてくる不信に気づいてしまう。無言の緩やかなプレッシャーから逃れられない。自由になりきれない。その緩やかな拘束が苦しくてたまらない。そんな子ども達の姿をいつも見ている気がします。

ら」

順子は自分の手元のカップを見つめた。

「大人になるってそういうことなのかもしれませんね」

2人は黙って互《たが》いを見て、うつむいた。

「あの3人、どんな人生を送るのかしらね、これから」

教師はソファから立ち上がり、窓の外を見ながら言った。

「幸せになってくれるといいわね」

窓の外は雪が降っていた。

V

逃げる場所なんか　なかった

45
ずっと気になっていたのよ　あなたたちのこと

一体、何年ぶりになるのだろう。真美《まみ》は思いをはせる。

まさか、あの2人に再会出来るとは思ってもいなかった。別れ方が別れ方だったし。でも、また会えるなんて。

「何、着て行こうかな」

真美は鏡に向かって何着かの服を体に合わせてみた。気分がはずむ。

2人は、変わっただろうか。もちろん年月がたった分、年はとっただろうけれど、あまり変わっていないように真美には思えてならなかった。きっと、2人とも昔のままだ。でも、きっと昔よりずっと素敵《すてき》になっているだろう。

「私が、一番変わったかな……」

真美は鏡の中の自分の姿を見つめる。あのころに比べると随分《ずいぶん》太った。そのせいか、顔つきも変わったように思える。

「ガリガリだったもんなあ」

当時は本当にやせこけていた。そう、みっともないくらいに。ユカも愛貴《あき》もやせてはいたけれど、2人はとってもスタイルが良くて、真美は自分の体がみっともなく思えて仕方がなかった。

「驚《おどろ》かれちゃうかもね」

真美は少し笑った。随分太ってしまったけれど、真美は今の自分の体を嫌《きら》いではない。そう、あのころよりもはるかに好きだ。

「急がなきゃ」

時計を見て、真美はもう一度服を選び始めた。

きっかけは、偶然《ぐうぜん》だった。

「田中《たなか》さん？」

最初に後ろから声をかけられた時、そのありふれた名字が自分を呼ぶ声だとは思わなかった。

「田中、真美さん？」

フルネームで呼ばれて、真美は初めて振《ふ》り返った。そこに立っているのが、昔、随分自分を心配して気にかけてくれた保健室の先生だということに、真美はすぐには気づけなかった。しばらくその女性を見つめていると、女性の方が名乗った。

「私、高橋順子《たかはしじゅんこ》です。あの、高校の保健室の」

2人で喫茶店《きっさ》に入った。高橋順子は、結婚《けっこん》して子どもが2人いながらも、今も養護教諭《きょうゆ》をつづけていた。

真美は、自分の今までを静かに報告した。真美の話を一通り聞き終えた高橋順子はつぶやいた。

「いろいろ、大変だったのね。ずっと、気になっていたの。あなたたち3人のこと」

真美はそこで初めて知ったのだ。ユカも愛貴も、真美が辞《や》めた後に高校をやめてしまったということを。

「そうだったんですか……」

驚きが隠《かく》せなかった。

「理由は、何なんですか?」

真美の問いに順子はゆっくり首を横に振った。

「私も、知らないの。というか、誰《だれ》も知らないのよ。詳《くわ》しい話は聞かないまま」

そう言ってから、順子は苦笑《くしょう》した。

「正直、厄介払《やっかいばら》いができた、みたいなところ、あったんじゃないかしら。学校からすれば」

その言葉に真美も笑った。

「それはきっとそうでしょうね」

「そうよ。あなたたち3人って扱《あつか》いにくかったもの。教師からすれば」

「先生もそうだったんですか?」

「ほかの先生ほどではないけどね。どう接していいのか分からなかったわ。あなたは、ほかの2人とは少し違《ちが》うけれど」

そう、ユカと愛貴は、きっと大人からするとどう扱ってよいのか分からない存在だったに違いない。

「でも、私、好きだったのよ。あなたたち3人のこと」

「そうなんですか?」

「ええ。仲良くしたかったもの」

順子は子どものようにほほ笑《え》んだ。

＊　大人にとって「良い子」というのは「扱いやすい子」であり、「大人の言う事をよくきく子」なのかもしれないと思います。

「相手にしてもらえなかったけどね。特に桐原《きりはら》さんなんて、とりつくしまもなかったわ」

2人は、見詰《みつ》め合ってほほ笑んだ。

「どうしてるんでしょうね。2人とも」

その真美の言葉に順子ははっとして言った。

「そうそう、大切なことを忘れてたわ」

そして知らされた。最近、愛貴とユカが学校に来たことを。2人とも、真美の居場所を知りたがっていたことを。

46

すごく驚いたけど　嬉しかったわ

「本当に突然《とつぜん》、電話があったのよ」

最初に電話があったのは、ユカからだったと言う。

「あなたたちの担任の先生は、もう辞《や》めてしまわれたから。だからしばらくは誰《だれ》につないだらいいのか、電話をとった人も困っていたの。そうしたら、紺野《こんの》さんの方から私の名前を出してくれて」

高橋順子《たかはしじゆんこ》はコーヒーの入ったカップのふちを、指でゆっくりなぞった。

「すごく驚《おどろ》いたけど、嬉《うれ》しかったわ。私のこと、覚えていてくれたんだなあって」

順子は思いを馳《は》せるようにカップを見つめる。

「で、ユカはなんて？」

順子がそのまま思い出にひたるかのように黙《だま》ってしまったので、真美《まみ》は先を促《うなが》した。

「ああ、そうそう」

順子は我にかえったように顔をあげた。

「あなたと桐原《きりはら》さんに連絡《れんらく》を取りたいって。前の電話番号に電話したらしいんだけど、どちらもつながらないからって」

順子はいったん言葉を切って続けた。

「私も、電話したのよ。名簿《めいぼ》にあった番号に。でも、あなたも桐原さんも『現在使われておりません』って。それはそうよね。すごく時間がたっているものね」

そう、とても時間がたった。携帯《けいたい》など、何度変えただろう。考えてみれば、携帯電話というものは、とても便利だけれど、なんて不安定なコミュニケーション手段なのだろう。番号も、メールアドレスも一時のものでしかない。その時だけの関係には役立つけれど、続いてゆく関係にはあまりにももろすぎる。

「それから、2週間くらいたってからかしら。今度は桐原さんから電話があったの。彼女《かのじょ》も同じようにあなたと紺野さんの連絡先を知りたがっていたの。紺野さんは聞いてあったんだけどあなただけ分からなくて」

順子は窓の外を見つめた。

「不思議ね。それで、今日あなたとこうして偶然《ぐうぜん》会うなんて」

真美《まみ》は静かにうなずいた。確かに驚くほどの偶然だ。これだけ広い東京で出会えること自体すごいことだけれど、同時期にユカも愛貴《あき》も電話をしてきているなんて。

「あなたたち3人って、やっぱりつながっているのね。運命、じゃないけれど」

順子はほほ笑《え》んだ。

別れる前、順子はユカと愛貴の連絡先を真美に渡した。

真美はその連絡先を受け取らなかった。その代わり、真美の電話番号を、順子からユカと愛貴に伝えてほしいと頼《たの》んだ。

2人にはすごく会いたかった。ユカと愛貴が自分を探してくれているのも、とてもうれしかった。けれど、なぜか自分から電話する事がためらわれた。その理由はうまく説明出来ないけれど。気楽に電話するには時間もたちすぎている。それに、ある日突然消えてしまった自分をユカと愛貴がどう思っているのかにも不安があった。あの後、ユカと愛貴はその理由を知ってしまっただろうか。今更《いまさら》、と思う半面、あのころ必死に隠《かく》していた自分の暗い部分を知られてしまうのは、今でも怖《こわ》い。それをどう思われるのかが怖かった。

自分からは連絡しないと決めたのに、真美はそれから電話がかかってくるか、気になって仕方がなかった。電話の音が鳴るたびに胸が弾《はず》んだ。まるで、恋《こい》しているかのように。

それから1ヵ月近くがたった日、真美の携帯にメールが届いた。日にちと場所と時間が書かれたメールには、「久《ひさ》しぶりに会いたい」という内容の愛貴のメッセージがあった。そして、ユカも来るという。

そして真美は今、その指定された店の前に立っている。洋服は結局、一番シックなスーツに決めた。久しぶりに念入りに化粧《けしょう》をし、昨日は美容院まで行った。ひとつ深呼吸をし、真美は、ドアを開けた。

47 殴られるのも　いつものことなんだけどね

ガラス張りの店内は窓から降り注がれる太陽の光で満たされていた。店内を見渡《みわた》すまでもなく、2人の姿は真美《まみ》の目にすぐに飛び込《こ》んで来た。真美はゆっくりとそのテーブルに歩み寄った。話し込んでいたユカが真美を見付けて、少し目を見開く。そして振《ふ》り向く愛貴《あき》。真美は2人を見詰《みつ》め、照れくさそうにほほ笑《え》んだ。


「ほんと、久《ひさ》しぶりね」

ユカは真美と愛貴を交互《こうご》に見つめながら言った。

「ほんとに」

真美が答える。

「でも、真美はもうお母さんかあ。驚《おどろ》いたわ」

愛貴の言葉に真美は恥《は》ずかしそうに笑った。

「すごく早くに結婚《けっこん》しちゃったからね。今考えれば若気のいたりよ」

「何言ってんの」

ユカが軽く指で真美をつついた。

47　殴られるのも　いつものことなんだけどね

「でも、今日大丈夫《だいじょうぶ》なの？　お子さん」

「うん。主人のお母さんがみてくれてる。事情を話したらぜひ行ってきなさいって」

「理解、あるんだ」

「うん。私の生い立ちとか全部話してあるから」

「ご主人もいい人なんでしょう？」

「うーん。まじめでおもしろみがないって言えばそうだけど」

「まじめが一番よ」

愛貴が昔通りのクールな笑みを浮《う》かべて言った。

「まじめが一番なんて、愛貴から出る言葉とは思えないわね」

ユカがちゃかすと、愛貴は「それもそうね」と苦笑《くしょう》した。真美もつられて笑った。

「メチャクチャなこと、してたもんね。私たち」

ユカの言葉に2人はうなずく。

「でも、楽しかったよね。すごく」

「うん」

「今でも、あのころのこと、後悔《こうかい》なんてしてないもの」

ユカは窓の外を見ながらつぶやく。その言葉にうなずきながら真美が言った。

「私にとっては、あのころってすごくつらい時期でもあったけど、2人とのことは一番幸せな思い出なの」

ふと会話が途切《とぎ》れた隙間《すきま》に真美はぽつりと言った。

「ごめんね。突然《とつぜん》いなくなって、ずっと連絡《れんらく》しなくて」

「それは私も同じよ」

ユカがたばこを灰皿《はいざら》に押《お》し付けながら言った。

「お互《たが》いさまよ。たまたま最後に残ったのが私だっただけ」

愛貴はワインに口をつけて答えた。真美は2人を見詰めながら続ける。

「しばらくは連絡出来なかったの。でもその後も余裕《よゆう》がなかったし、何より2人には知られたくなかった。私の家のこととか。2人の前でだけは、なんの悩《なや》みもない、元気で明るい幸せな真美でいたかったの」

「それも、お互いさま」

愛貴がもう一度答える。

「ありがと」

真美はふっと息を吐《は》き、それから語り始めた。今までの自分を。2人の前から姿を消したあの日のことから。

「家に帰るとね、父が酔《よ》っ払《ぱら》ってた。でもいつものことだから、大して気にせずに、食事の用意を始めたのね。弟たちもいつも通り、『おなか空《す》いたー』って騒《さわ》いでて。そのうちやっぱりいつも通り、疲《つか》れきった母が帰って来た」

「お母さんは食事の用意とかしなかったの？」

ユカの質問に真美は首を振った。

「いつからかな、お母さんは外で稼《かせ》いで私が食事を作るって決まってた。で、お父さ

＊　自分の全てをさらけ出すのは怖い。自分の感情をぶつけるのは怖い。相手の事を信じれば信じるほど、失うことが怖くなるからだ。人は、失いたくない気持ちが強ければ強いほど、本当の事を言えなくなってしまうのかもしれない。

んは酔っ払ってる」

真美は苦笑しながら言った。

「おかげで、今でも料理は得意よ」

少しの間を置いて真美は続ける。

「でも、あの日は少しだけ、何かが違《ちが》ったの。父がいつもより機嫌《きげん》が悪くて、料理している私に当たり散らしだしたの。私が相手にしないようにしてたら本気で怒《おこ》り出して、私の髪《かみ》を引きずって、殴《なぐ》り始めたの」

真美は2人の顔をちらりと見た。ユカと愛貴は黙《だま》っていた。

「殴られるのもいつものことなんだけどね。あの日はすごかった」

真美はあの日のことを思い出していた。

48 あなたが　我慢する必要ないって

「殴《なぐ》られて蹴《け》られて、だんだん気が遠くなってきたの。横で弟たちが泣き叫《さけ》んでるのがぼんやり見えてた。その日の父はよっぽど機嫌《きげん》が悪かったんだと思う。普段《ふだん》ならほとんど殴らない弟たちのことも殴り始めた。私、なんとか止めなきゃと思って父にしがみついたら、父がね、中身の入っている一升瓶《いっしょうびん》で私を殴り付けたの」

ユカと愛貴《あき》が息をのむのを感じた。

「殺される、って思った」

「ちょっと待って、お母さんは？」

ユカの言葉に真美《まみ》は弱々しくほほ笑《え》んだ。

「黙《だま》って見てたわ。いつものことだったの、それも」

愛貴《あき》が目を閉じ、深いため息をついた。

「逃《に》げなきゃって思った。私のことより、弟たちを助けなきゃって思って。なんとか立ち上がって弟2人を引っ張ってドアの所まで行ったんだけど、後ろから父が私の髪《かみ》を引っ張って、なかなか前に進めないの。必死で抵抗して、諦めかけた時、ふっとその手が離《はな》れたの」

真美は視線を落とした。

「振《ふ》り向いたら、母が父を必死で抑《おさ》えてた。で、『早く逃《に》げて』って叫んだ」

真美は顔を上げた。

「最低の母親だけど、あの一言を思い出すと今でも涙《なみだ》が出そうになるわ」

そう言ってほほ笑んだ真美に愛貴はほほ笑み返した。

「で、アパートの外に転がり出たら、前にお巡《まわ》りさんが立ってたの」

「すごい、偶然《ぐうぜん》」

ユカが驚《おどろ》きの言葉をもらす。

「うん、私もその時はそう思ったのね。でも、違《ちが》ったの。隣《となり》の人か誰《だれ》かが110番通報したんだって。尋常《じんじょう》じゃないって。うち、安アパートだったからさ。全部聞こえてたんだろうね。普段から。後から聞いた話しだけど、それまで何度か通報されてたみたいね」

「でも、良かったわね」

「うん、ほんとにそう思う。逃げる場所なんてなかったし。で、警察に保護されて、その後、児童相談所に保護されたの」

「児童相談所？」

「うん。児童相談所にも何度か通報はあったみたい。でね、児童相談所の中に保護してくれる場所があるの。寝泊《ねと》まりも出来るの。そこでその後のことを決めるんだけど。そこはね、集団生活だし、外にも出られないし、規制も多くて大変なんだけど、でも私には家よりも良かった。食事の支度《したく》もしなくていいし、何よりも殴られないから。本当に久《ひさ》しぶりに安心して眠《ねむ》れた」

2人は静かにうなずいた。

「児童相談所の福祉司《ふくしし》の人と心理の人が何回か来て、話し合ったの。それまでのことを話した。父のこと、母のこと。2人とも、保護された翌日のあざだらけ傷だらけの私の顔見てたから、親身になってくれた」

「いい人たちだったんだ」

「まあ、あの人たちの仕事だからね。でも、『悪いのはお父さん』『あなたが我慢《がまん》する必要ない』って言われて、ああそうかって、そんな当たり前のことを忘れてたのに気づいた」

「感覚が、まひしてたのね」

愛貴がつぶやく。

＊　児童相談所には、家庭で生活できない事情のある子どもが一時的に生活する場所があります。都内には、4箇所の児童相談所に一時保護所が併設されています。

「うん。それが当たり前になってたから」

真美はふう、と息を吐《は》いた。

「『そんな家には帰っちゃだめだ』って言われたわ。『帰せない』って。で、養護施設《しせつ》に入ったの」

「養護、施設」

「そう。親がいなかったり、虐待《ぎゃくたい》されてたり、とにかく親が子どもを育てられない理由がある子たちが生活している所なんだけど。そこに、高校卒業までいたわ」

「弟たちも?」

「うん。弟たちも高校卒業までいたから、私の方が先にでちゃったけど」

「で、転校したんだ」

「うん。児童相談所の人は、親とも話して。父は反対したけど、母親は了解《りょうかい》したのね。その時、母親は、学校のお金は払《はら》ってもいいから学校は続けさせたいみたいなこと言ったらしいんだ」

「そうなんだ……　お母さんも反省したんだろうね」

ユカがつぶやく。

「かもしれないね。でも、私が転校するって決めたの。周りに家のこと知られたくなかったし」

「確かに、あのお嬢《じょう》さま学校じゃね。周りの目が気になるよね」

「うん。それで良かったと思う。2人とは離れちゃったけどね」

＊　長期的に家庭での生活ができない事情のある子どもは児童養護施設などに措置され、そこで生活し、学校にも通う。

「でもまたこうして会えたし」

3人は見詰《つ》め合ってほほ笑んだ。

49 早く治療を受けなきゃ　駄目なんだって

「大変だったのね」

「でも、もう、昔のことだから」

「卒業した後は?」

「就職した。すごく小さな会社だけど。学校通いながらバイトして貯金もしてたから、アパート借りて一人暮らし。うれしかったな。自分の部屋を持てて。で、その会社に出入りしてた主人と20歳《さい》で結婚《けっこん》したの」

「それは早いわ。そうとうの大恋愛《れんあい》だったの?」

ユカが笑いながら言う。

「まさか。早くね、家庭を持ちたかったの。幸せな家庭を築くって言うのが夢だったから」

「素敵《すてき》ね」

愛貴《あき》がほほ笑《え》む。

「そんなんじゃないわよ。私は、愛貴やユカのようにきれいでもないし、才能もないから、それしかなかったってだけ」

「主婦も母親も立派な才能よ」

「そうよ。私なんて絶対出来ないって思うもの」

愛貴の言葉にユカが大きくうなずいた。

「ご両親とは？」

「うん。今はね。時々家に帰ってるの。施設《しせつ》にいるころは全然会わなかったんだけど」

「お母さんにも？」

「うん。なんか私ね、殴《なぐ》ってた父親よりも、ただ黙《だま》って見てた母親の方が許せないって気持ちが強かったんだ」

「分かるわ」

愛貴がぽつりと言った。

「でもあの最後の『早く逃《に》げなさい』って一言を思いだして、会おうかなって気持ちにやっとなれた。その時には結婚も決めてたし」

「ご両親、喜んだでしょう？」

「びっくりしてたわよ。何年かぶりに会った娘《むすめ》が『結婚するから』っていきなり言うんだもの。もちろん、反対はしなかったけど。できるわけないよね」

真美《まみ》は楽しそうに笑った。

「で、お父さんは今は？」

とまどいながら聞く愛貴に、真美は手を顔の前でヒラヒラと振《ふ》りながら言った。

「変わんない、変わんない。相変わらず酒びり《た》の日々よ」

49　早く治療を受けなきゃ　駄目なんだって

「そうなんだ」

ユカが少し声を落として言った。

「アル中ってほんと治んないんだってね。児童相談所の心理の人に説明された。本人の意思なんて関係ないんだって。だから『やめる』って言葉なんて意味ないんだって。まあ、それは何となく分かってたけど。経験上、ね」

真美は笑いながら言う。

「ちゃんと治療《ちりょう》を受けなきゃ駄目《だめ》なんだって。本人も、家族も」

「そうなのよね」

愛貴が言う。

「でもね、年取ったからね。おとなしくなったわよ。さすがにもう殴らないし。まあ、酔っ払《ぱら》い始めると私が帰っちゃうんだけど」

「お子さんには会ったの？」

「うん。何回か連れて行った。最初はすごく迷ったんだけど。あの子のいる時は絶対に飲まないって条件で。おもしろいんだよね、自分の子どもは可愛《かわい》がらなかったくせに、孫のことはすごい可愛がってんの。あの子を連れて行った時は必死で飲まないように努力してる。そうしないと二度と会わせないって言ってるからね」

2人はそっか、と安心したようにつぶやいた。

「お母さんは？」

「母は、少し変わったかな。私にも弟にも『ごめん』ってちゃんと謝《あやま》ってくれた。それに、今は母親は治療に通ってるみたい。アル中の妻の治療」

「それは変化ね」

「母もいろいろ考えたんでしょうね」

3人は少し黙ってワインを飲んだ。

「真美、幸せなんでしょう?」

ユカが尋《たず》ねる。真美はほほ笑む。

「うん、幸せよ。平凡《へいぼん》だけどね」

真美はグラスをじっと見つめ、しばらく考えてから言った。

「今はね、親のことも嫌《きら》いじゃない。ろくでもない親だとは思うけどさ、やっと許せるようになったって感じ。父のことも、母のことも。あの人たちなりに大変だったんだろうし、一生懸命《けんめい》だったのかもしれないし」

そう言って、真美は静かに笑った。

50　母の姿を見て　自分を見ているような気がして

「うちもほんとろくでもない親でさ」

真美《まみ》に続いてユカが語り始めた。

「母親はすぐに男つくって家出しちゃうの。1回2回の話じゃないのよ。何度も。そ

＊　精神的な病いを持つの方の家族が治療に通う事は重要である。特にアルコール依存は、本人が治療に通わなくとも、家族が通うだけでも十分に意味がある。家族全体の病理へと発展する事を防ぎ、本人の病理を悪化させないことにもつながる。

れである日ふっと帰ってくるの」

「それはすごい」

真美が目を見開いた。

「でしょ？　でも父親は何にも言わないの」

「父親ってそんなものなのかしらね」

愛貴《あき》が疲《つか》れたように言った。ユカは思いを馳《は》せるように天井《てんじょう》を見つめた。

「家に帰るとお母さんがいない。待ってても帰って来ない。父親に聞いても答えてくれない。怖《こわ》かったわ。お母さんがいついなくなるのか、いつも不安でたまらなかった」

「それって、すごく怖いわね」

ユカは愛貴の言葉にうなずいて、続けた。

「小さいころはまだわけ分かんないから不安なだけなんだけどね。段々いろいろ分かってくるじゃない。周りには教えてくれる親切なおばさんたちもたくさんいたから」

ユカは「親切な」というところにことさらアクセントをつけて言った。

「分かってからはきつかったわ。母親が自分を捨てて男と逃《に》げちゃったんだから。初めてそのことを知らされた時は、さすがに泣いた。2度目からは慣れちゃって、ああ、またかって感じになったけど」

「そうなっちゃうのもまたつらいね」

真美は本当に悲しそうな顔をした。ユカは真美にほほ笑《え》みかけた。

「でも帰ってくんのよ。母親は。ある日いなくなった母がある日帰ると家にいる。で、何事もなかったようにしてる」

「その神経もすごいわ」

愛貴が言うと、ユカはばかにするような笑みを浮《う》かべて言った。

「あの人は何でもするわよ。ひどい時なんか着替《きが》え取りに来てまた出てっちゃうし、父親にお金せびりに来たこともあった」

「お金を？」

「うん。生活出来ない、とか言って。私が知っているだけでも何回かあったから、きっともっとあったんだろうって思う」

「それでお父さんは払《はら》うんだ」

ユカはうなずいた。

「理解出来ない」

真美は首を横に何回か振《ふ》った。

「母のこと、失いたくなかったんじゃない？　娘《むすめ》の私が言うのも変だけど、女としては魅力《みりょく》的だと思うもの。年取ってからも男が見つかるくらいだからね。妙《みょう》に色気があるっていうか」

ユカはたばこに火をつけた。

「私はその母の女っぽさが嫌《いや》だった。嫌でたまんなかった」

「分かる気がする」

真美がうなずく。

＊　子どもは、身体的・心理的に自分を直接傷つけた人間よりも、側にいながら傍観し、自分を庇おうとも事態を改善しようともしなかった親の方を「許せない」と感じる事が多い。傍観者の存在によって傷はより深いものになるのだ。

「それでいて帰ってくると急に母親ぶるの。出てったこと謝《あやま》りもせずに、よ。真美ほどじゃないけど、母親には散々叱《さんざんしか》られたし、殴《なぐ》られたわ」

「その時、お父さんは?」

「見てみぬふり。母親には何にも言えない人だったから」

「ひどいわね」

愛貴が顔をしかめた。ユカはたばこの煙《けむり》をゆっくり吐《は》いた。

「あのころ、母親がまた出て行ってね。最初はああ、またかって思ってた。でも親切なおばさんが教えてくれたわけ。母親の新しい男が出会い系サイトで会った男だってことを」

「出会い系サイト?」

「そう。私たちがあのころやってたあれよ」

ユカは苦笑《くしょう》しながら、吐き捨てるように言った。

「母のことを許せないって思った。出会い系サイトにいい年してはまって、そこで出会った男と出ていくなんて」

ユカは2人を見つめてから付け加えた。

「自分だってやってたくせに、矛盾《むじゅん》してるかもしれないけど」

そのユカの言葉を聞いて、2人は首を横に振《ふ》った。ユカはそれを見て、少しうなずいてから続けた。

「何よりも、親子で同じことやってるってことを知って、自分で自分が情けなくなったんだと思うの。母の姿を通して自分の姿を見ちゃったような気がして」

そこまで言って、ユカはふう、とたばこの煙を吐き出した。

51　明日のことを考えると　つらくなるから

「で、全然家に帰んなくなったの。もう何か全部どうでもよくなっちゃって。学校もどうでもよかった。毎日街に出て、その場で知り合った人と友達になって、その子たちと遊んで、誰《だれ》かの家に泊《と》めてもらって。そんな毎日の繰《く》り返し」

「実は私そのころのユカの噂《うわさ》、聞いてたの」

愛貴《あき》が口をはさんだ。

「ほんと？」

「うん。多分クラスの誰かだったと思うけど、ユカがメチャクチャ荒《あ》れてるらしいけど、大《だい》丈夫《じょうぶ》なの、とか聞かれたの。紗枝だったかな。あの学級委員の」

「ああ」

ユカはまじめで学級委員でありながら、ユカたちに偏見《へんけん》の目を向けることなく接してきた紗枝というクラスメートを思い出した。

「だから、何度かメール送ったんだけど。電話も通じなかった」

愛貴の言葉にユカは申し訳なさそうな表情になった。

「知ってた。ごめんね。でも何にも考えたくなかったの。愛貴、心配してくれてるんだなって分かってたんだけど。」

ユカはお皿をフォークで少しつついた。

「自分でどっかで分かってたのね。こんなことしてちゃいけないって。だから余計に考えないようにしてたんだと思う」

ユカはそう言ってから少し笑った。

「しかし、そんなに有名だったんだ。私。確かにメチャクチャなことやってたもんなあ」

当時を思いだして苦笑《くしょう》する。

「今考えればすごいよね。名前も下の名前しか知らなくて、知ってるのは携帯《けいたい》の電話番号とメールアドレス。そんな子たちと毎日一緒《いっしょ》にいて、彼氏《かれし》だってその中にいたんだから」

「あのころの私たちって怖《こわ》いものなんかないって感じだったものね」

真美《まみ》がぽつりと言う。

「そうそう、今考えればさ、痴漢詐欺《ちかんさぎ》なんてよく出来たよね。今だったら怖くて絶対出来ない」

真美と愛貴が静かにうなずいた。

「そうやってさ、全然知らない子たちと友達になって、毎晩死ぬほど飲んで、遊んで、騒《さわ》いで。泊めてくれる子の家で寝《ね》て、時々着替《きが》えに帰ったり、お金取りに帰ったりする。その繰《く》り返し」

そこまで言って、ユカは自嘲《じちょう》するように言った。

「考えてみれば、母親と同じことやってたんだけどね、私も。情けないことに」

「同じじゃないわよ」

必死で否定する真美にユカは「ありがとう」とつぶやいた。

「あのころは、それが楽しかったような気がしてた。何か、落ちていく楽しさみたいなの。明日のことなんて全然考えない。ただただ落ちていくだけ。それがたまらなく気持ち良かった」

「明日のことを考えるとつらくなるから、そうするしかなかったってことでしょう」

愛貴が言う。

「そう、なんだと思う。今になれば、ね」

ユカは新しいたばこに火をつけた。

「でも、さすがに長くは続かなかったわけ。ある日、今でも覚えてる、交差点で肩叩《かたたた》かれてさ」

「誰に?」

「おまわりさん」

ユカの頭に、その日のことがよみがえった。

「『紺野《こんの》ユカさんだね』って。後から聞いたら、父親があちこちの交番に私の写真持って探してほしいって頼《たの》んでたらしいのね。それも毎日のように」

「すごいわね」

「私もそう思ったわ。まさか父がそんなことをするなんて思ってもいなかった。何に対しても見てみぬふりをしちゃう人だったから。私が時々家からお金を勝手に持って

＊「愛して欲しい」という切ない思いが親にどうしても伝わらないと、子どもは愛情を諦め、未来に絶望し、今の事しか考えなくなる。今日よりも幸せな明日が想像できないのだ。

っちゃうのだって、仕方がないって諦《あきら》めてたとこ、あった感じだったし」

「でもそのお父さんが必死で探してくれてたんだ」

「違《ちが》う違う」

ユカはヒラヒラと顔の前で手を振《ふ》った。

「母がね、またある日突然《とつぜん》帰って来たのよ。それで、父親に探せって命令したの」

52
この子だけが　悪いわけじゃありませんから

「父はね、母には絶対逆らえない人だから、必死で捜《さが》したのよ。それこそ、会社も休んでね」

「すごい……」

真美《まみ》がつぶやいた。

「でしょ」

「子どものためじゃなく、妻のためってところがすごいわ」

愛貴《あき》も言う。

「そう。あの人はいつもそう。なんだって母が基準。で、私は見つかっちゃったわけ」

ユカは降参するように手を上げた。

「見つかった日は、母に死ぬほど殴《なぐ》られた。で、その後はほぼ監禁《かんきん》状態」

「監禁?」

「うん。ほとんど家から一歩も出してもらえなかった。外に出すと何するか分からないからってね」

「ひどい……」

「そんな人よ、あの人は」

ユカは呆《あき》れたように笑う。

「すごく、つらかったでしょう?」

真美《まみ》の言葉にユカは答えた。

「家から出られないのも確かにつらかったけど、その状態で母と話さなきゃいけないのがつらかったわ。家の中に母と2人だけってことだけでも耐《た》え難《がた》いのにさ、母が時々部屋に来て、説教するわけ」

「自分のこと、棚《たな》に上げて?」

「自分のことなんて神棚くらいに上がっちゃってるわよ」

ユカは笑う。そしてその後にふっと深刻な表情になった。

「嫌《いや》でたまらなかった。なんとか家から逃《に》げたくてね。隙《すき》を狙《ねら》ってんだけど、ないわけ。で、母がまた男つくって出てけばいいのに、とか思ってた」

「でもそういう時に限って、お母さんは出て行かないんだ」

見透《みす》かしたように愛貴《あき》が言う。

「そうなの。なんか、これも後から聞いたんだけど、その時、母はかなり男にひどい目に遭《あ》わされて、捨てられたらしいわ。さすがに懲《こ》りてたみたい」

ユカはばかにしたような笑いを浮《う》かべた。

「ざまあみろって感じなんだけどさ」

少しやけになったようにワインを飲み干《ほ》したユカは、新しいワインを頼《たの》んだ。

「そんな中で1カ所だけ通ってたのがね、警察の中にあった相談のとこ」

「警察の中？」

「そう。ちゃんとカウンセラーがいてね。そこにだけは通ってた」

「お母さんが行かせてたの？」

「っていうより、警察の人に勧《すす》められたみたいよ。やってたことがやってたことなだけに、家庭裁判所に送られる可能性もあったわけ。私。親がそうしてくれっていえば、そうなったんだって。虞犯《ぐはん》、っていうらしいけど」

「鑑別所《かんべつしょ》送りってことね」

「うん、家裁に送られれば多分そうなったんだと思う」

「でも、そうはならなかったのね」

真美が言った。

「それだけはね、父親が反対したみたい」

「お父さんが……」

「どうしようもない父親だったけど、その時、言ったのよ。『この子だけが悪いわけじゃありませんから』って」

愛貴は少しだけほほ笑《え》んだ。

「お父さんなりに反省はしたのかしらね」

ユカもまた少し笑みを浮かべた。

「かもね。でも母親のいないところで言った、っていうのがあの人らしいんだけどさ」

ユカの言葉に3人は声を出して笑った。

「その相談所は良かったなあ。母親にすれば、説教してもらいに行かせてるって感じだったんだろうけど。カウンセラーの人は、すごく私の気持ちを分かってくれて」

ユカは机の上で、手を組んで自分の手元を見つめた。

「『ひどいお母さんね』って、言ってくれたの」

ユカの声のトーンが、少し落ちた。

「客観的に考えれば、ひどい母親よね。でも当時の私に、そう言ってくれたのは、その人が初めてだった」

愛貴が静かにうなずいた。

「そうなんだ、ひどいお母さんなんだって、その時初めて知ったような気分だったわ。もちろん、それまでだってそうは思っていたけど。その気持ちをきちんと認めてもらえたっていうか。悪いのは私じゃないって言ってもらえた感じがした」

53 そんな人のために　あなたの人生を駄目にしていいの

「私も、悪いのはお父さんだ、お母さんだって頭では分かってても、なんだか、自分が悪いように思えちゃう時ってあった」

ユカの言葉を聞いた真美《まみ》が、かみ締《し》めるように言った。

「渦中《かちゅう》にいると、分からなくなるのよね。感覚が麻《ま》ひしちゃっているから」

愛貴《あき》が静かに言う。2人の言葉を聞いたユカは静かにうなずいた。

「そうなの。母が悪いんだって思っていても、叱《しか》られると悲しくなるしさ、母と楽しく話せると嬉《うれ》しかったりしてさ、母のこと嫌《きら》いになりきれない、憎《にく》みきれないんだよね。だからいろいろうまくいかないと、私が悪いのかなあって何となく思っちゃって」

ユカはたばこの灰《はい》を灰皿に落とした。トントン、という音が静かに響《ひび》いた。

「で、その後は?」

「ああ、そうそう」

先を促《うなが》す愛貴の言葉にユカははっとして話を続けた。

「結局高校は辞《や》めた。母も戻《もど》すつもりはなかったのね。見えっ張りなところがある人だから、いろいろ知られちゃったところには戻せないって思ったみたい。もちろん、あの人のことだから自分が男と逃《に》げてた話なんかしなかっただろうけど。あの学校に

＊　子どもは、親の問題であっても自分を責める。自分さえ努力すれば事態は改善すると信じて、けなげな努力をする。それは「良くなる」と信じていたいからである。だからこそ、努力が報われないと知った時の傷は大きい。

いたって不良のレッテル張られるだけだって思ったんでしょう。で、自主退学」

「ユカは学校にあいさつとか行ったの？」

「行かない、行かない」

ユカはたばこの煙を吐きながら首を横に振った。

「行かせるわけないいじゃない。病気かなんかを理由にしたみたいだから。先生たち、信じちゃいなかったと思うけど。最後まで見え張りたかったんでしょう」

ユカはばかにしたように笑った。

「でも何が何でも高校は卒業させたかったみたいで、ほかの私立校散々探してた。通信制とかも考えてたみたい、母は。そしたらずっと家に置いとけるじゃない。でも、私はもうどうでも良かったの。高校は。あの家からまた高校に通うなんて考えられなかったし」

ユカはふう、とため息をついた。

「で、相談した。カウンセラーの人と。彼女《かのじょ》は、何が一番嫌《いや》か、それだけは避《さ》けようって言って」

ユカはいったん言葉を切った。

「考えて、やっぱり家にいるのが一番嫌だった。家を出たかった。高校はどうでも良かったから、一人暮らしでフリーターでもいいかなって思ってたんだけど。それは反対されたの。カウンセラーの人に。高校は卒業した方がいい、って」

「ユカは納得《なっとく》できたの？　そのこと」

ユカは愛貴の言葉にうーん、と首を傾《かし》げた。

「高校卒業しなきゃってことには納得してなかったな。どうでもいいって答えたし。でもね、彼女が言ったのよ」

ユカは考えこむように、昔を思い出すようにしんみりと言った。

「そんな母親のためにあなたの人生駄目《だめ》にしていいの？　って」

ユカは2人に向かってほほえんだ。

「大学行かないと社会で生きていけないかな、くらいは思ってたからさ。なるほど、と思ったわ。そう思うとメチャクチャ腹が立つじゃない。あんな女のために中卒で苦労するなんてとんでもないって思った」

ユカは続けた。

「もう親からお金なんてもらいたくないって思う反面、金をかけさせてやりたいっていう矛《む》盾《じゅん》した気持ちもあったな。母親がばかな男と暮らすために父親が稼《かせ》いだお金を使うくらいなら、私に使えよって感じ」

「そりゃ、そうよね」

愛貴がうなずく。ユカもほほ笑みながらうなずいた。

「それで選んだのが全寮制《ぜんりょう》の高校」

「全寮制？」

「そう。カウンセラーの人に勧《すす》められたの。とにかく両親からは離《はな》れて暮らした方がいいって彼女も言ってくれて。親も説得してくれたの。母親はかなり抵抗《ていこう》したらしいけどね。離れたらまた何するかわからないって」

「でも最後は納得したんだ」

「仕方がないって思ったんでしょう。かなりきついこと言われてたもの。そのカウンセラーの人もすごいんだよね。母に向かって『あなたと一緒《いっしょ》にいる方が、娘《むすめ》さんは悪くなります』って断言しちゃうんだから」

ユカは笑った。

「気持ちいい」

真美と愛貴も顔を見合わせて笑った。

54　帰りたくないなんて　あなたが一番知っているじゃない

「それでね、全寮制《ぜんりょう》の高校に転校したの」

「全寮制って、厳しくなかったの?」

愛貴《あき》の質問にユカは身を乗り出して言った。

「メチャクチャ厳しかったわよ。門限も午後6時とかでさ、外出する時には外出先書いて許可もらわなきゃいけないし」

「あのユカがよく我慢《がまん》出来たじゃない」

愛貴がおかしそうに笑い、真美《まみ》も笑った。

「我慢なんて出来なかったわよ。門限なんてしょっちゅう破って叱《しか》られてばかり。もう嫌《いや》になって何度逃《に》げ出したことか」

「逃げたの？」

「逃げた、逃げた。でも、探されて連れ戻《もど》されるんだけどね。結局行くとこないから自分から帰ったこともあったし」

ユカはちょっと肩《かた》をすくめた。

「逃げると親を呼ばれて、散々お説教。先生たちからも叱られて、親からも叱られて。で、段々どうでもよくなってきちゃう。こんな学校辞《や》めちゃおうかなーとか」

ユカはいったん言葉を切って続けた。

「中卒じゃ何にも出来ないな、とはわかってるの。でも、根本的なところで高校なんてどうでもいいって気持ちが消えてなかったからさ。『高校は出なきゃだめ』とか、『頑張《がんば》らなきゃだめじゃない』とか大人たちに言われると、ますますほっといてくれって気分になっちゃって」

愛貴がゆっくりうなずいてから言った。

「でも、やめなかったんだ」

「うん。逃げたり、なんか問題起こすと、たいていカウンセラーの人も会いに来てくれたのね。で、聞かれるの。『家に帰る？』って」

「なんでそんなこと」

真美の言いたいことを察して、ユカが言った。

「そうなの。帰りたくないのなんてあんたが一番よく知ってるじゃないとか思っちゃって、私もムキになって『帰りたくないに決まってるじゃない』って言った。『なんであんたがそんなこと言うの』って」

ユカは2人に少し笑顔《えがお》を向けて続けた。

「そうするとさ、『じゃあ、ここでやるしかないでしょ、ほかに行くとこないんだから』って言われた。確かにさ、その通りなんだよね。その学校が嫌なら家に帰るしかないの。ほかに選択肢《せんたくし》なんてなかったのよ。もちろん、働いて一人暮らしとかも考えられるんだろうけど、実際にはすごい大変じゃない？　それこそ、水商売でもしなきゃやってけない。そこまでするほどの気持ちはなかった」

「分かるわ」

愛貴が静かにうなずき、真美も続けてうなずいた。

「はっきり言ってもらえてかえって楽だった。『力になりたい』とか言うくせに、実際には何にもしてくれない大人の方が多いからさ。そのカウンセラーの人は、出来ることと出来ないこととか、これからどうなるかをすごくはっきり言ってくれたから、楽だった。中途半端《ちゅうとはんぱ》に『助けてあげる』とか言わない人だったから」

「助けてあげる、とか言われるとムカツクわよね」

愛貴が冷静な口調で言った。

「そうなの。はっきりしすぎてて頭に来ることもあったけどね。でも、今考えれば良かったわ。全寮制で。おかげで酒もたばこもやめられたし」

ユカは笑った。

＊　未来を諦めた子どもが、永遠にこのままではない、何かが変わってゆくと再び希望を抱くのは、逆説的であるけれど、今のままでもいいのだと、本当の意味で、ありのままの自分を受容してもらった時なのだと思う。

「ほんと何にもしたくなかったからさ。普通《ふつう》の学校に通ってたら、まず行かなくなったと思う。通信制なんてとんでもない。もう生きてるのが面倒《めんどう》で、呼吸することも面倒って感じだったから。だから、やらざるを得ないって環境《かんきょう》に置かれた方がよかったんだと思う。その時はメチャクチャだるかったけど」

ユカはまた2人に笑顔を向けた。

「高校卒業する前に、大学は行こうって気持ちになってたから大学に入った。全寮制で遊びに行くことも出来なかったから、結構勉強はしたし。大学も学生寮に入った。もう寮生活にも慣れてたしね。で、就職した」

「なんの仕事?」

「私ね、頭が理系だったみたいね。大学で建築学んで、そのまま建築会社に入ったの。今は男ばっかの職場で、現場にも出る。ヘルメットかぶってさ」

ユカは少しほほ笑んでから言った。

「今はね、仕事も楽しい。でも何より、自分で稼《かせ》いだお金で生活できてるのが本当に楽しい」

55　女としてしか生きられなくて　母親になれなかった

「お父さんとお母さんとは?」

話し終えてワインを口に含《ふく》んだユカに真美《まみ》が尋《たず》ねた。

「最近は全然連絡《れんらく》とってないなあ。この間話したのはいつだっけって感じ。高校時代はね、何だかんだで親が学校呼ばれたりするから会って話してたけど。大学の間は年に何回かしか帰らなかった。働いてからなんて盆《ぼん》も正月も帰らない勢いよ」

「それで何も言われない？」

「帰ってきなさいとは言われるわよ。でも、仕事も忙《いそが》しいしね。もうさすがに昔みたいに叱《しか》ることは出来ないから、行けないって言えば諦《あきら》める」

「ご両親はどうしてるの？」

愛貴《あき》が聞いた。ユカは少しの間黙《だま》っていた。

「結局変わってない。私がいなくなると何か変わるんじゃないかって思ってた部分もあったんだけど。カウンセラーの人も随分《ずいぶん》両親と話してくれて、今のままじゃいけないって話してくれたから。でも、何にも変わらなかった。離婚《りこん》もしなかったし」

「お母さんは相変わらずなの？」

「今はね、さすがに年取ったから、出て行ったりはしないわ。外見も年取ったなあって感じだし。でも、私が高校、大学の間は何回かはあったみたい。私もよく知らないんだけど。でも回数は随分減ったみたいだった」

「お父さんも相変わらずなんだ」

「あの人が一番変わんないんじゃないかな。母親が出て行っても何もしようとしないでただ待ってる。で、帰ってくると受け入れる」

「お父さんは何を考えているのかしらね」

ちょっと怒《おこ》った口調で言った真美にユカはほほ笑《え》みかけた。

「私も、随分考えたし、カウンセラーの人とも話し合ったんだ。で、思うの。父親はさ、結局母のことが好きで別れられなかった、それだけのことなんじゃないかって思うの」

「あ、それって分かる」

真美がはっとしたように言った。

「うちの母も、父のことが好きで別れられなかったんだろうって私も最近思うの。はたから見ると、どうしようもない男なのに」

ユカは何度かうなずいた。

「そうなのよ。私の母のやってることなんて、妻として母としては最低最悪なんだけど、それでも父は母のことが好きだったんだと思うの。男と女なんて当事者でなきゃ分かんないからね。ろくでもない男とか女でもどうしても嫌《きら》いになれないってあるからね」

真美と愛貴はうなずく。

「母はね、結局女としてしか生きられなくて、母親になれなかったんだと思うの。それでいいかっていいったら全然駄目《だめ》なんだけど。産んだくせに、無責任じゃない。許せるかって言ったら許せてはいないけど、なんか、もうどうでもいいかなって感じにはなってる」

「それだけユカが成長したってことよね」

「そう、ね。それもあるし、距離《きょり》があるからね。今彼女《かのじょ》が家を飛び出したって私には影響《えいきょう》ないし」

ユカは軽いため息をついた。

「母親だと思うから許せないのよね。女性として付き合ってみると結構楽しいかもって思うわ。それにね、母も最近は寂《さび》しいみたいなんだ。電話してくる回数も増えてるし」

ユカはいったん言葉を切って、最後に言った。

「なんかかわいそうだから帰ってあげようかなって思ったりもする。私自身が幸せだからなんだろうね」

56

自分は何も出来ない　今まで一体何をしてきたのだろう

「はい、愛貴《あき》の番」

話し終えたユカは、グラスをちょっと上げて、乾杯《かんぱい》の仕草をした。

「驚《おどろ》いたよー。高橋《たかはし》先生が教えてくれた番号に電話したら、お兄さんが出て、『今、愛貴は日本にいないんですよ』って言って海外の番号教えてくれるんだもの」

真美《まみ》が声を高くして言うので、愛貴は少し笑った。

「アメリカの番号教えても良かったんだけど、いきなり国際電話の番号なんか教えられてもかけるのためらうかなって思って」

「そりゃ、そうよ」

ユカと一緒《いっしょ》にうなずきながら真美は言った。

「でもお兄さんすごく親切だった。考えてみれば、私、愛貴にお兄さんがいることも知らなかったんだよね」

「私も知らなかったわ」

「昔はメチャクチャ仲悪かったんだけどね。今は家族の中で一番仲いいの」

「お兄さんって何してるの？」

真美の質問に愛貴はうつむいて少し切なそうな顔をして言った。

「引きこもり」

黙《だま》ってしまった2人を見て、愛貴は笑顔になって言葉を続けた。

「ほんとなんだ。でもね、私は全然気にしてない。昔の兄より今の兄の方が全然好きだし。私にもいろいろあったけど、兄もいろいろあったのよ」

愛貴は空になったグラスを持ち上げ、もう一杯《いっぱい》注文した。

「兄はさ、小さいころから天才扱《あつか》いされて育ったんだよね。実際すっごい頭良かったし。だから母はすごい期待してて、溺愛《できあい》してたの。で、日本一の大学入って、アメリカのビジネススクール留学」

「すごい」

真美がつぶやく。

「そのまま順風満帆《じゅんぷうまんぱん》にいくのかなって思ってたの。誰《だれ》もがね。ところが、アメリカでうつになって、学校続けられなくなって帰国したの」

「うつ……」

「そう。かなり重いうつ状態でね。びっくりした。別人みたいになって帰ってきたから。それまでは、自信過剰《かじょう》ですごい、やなやつだったのに、コンプレックスのかたまりみたいになって帰ってきたの」

「そうなんだ……」

「アメリカ行って本当に大変だったみたい。それまでは日本で最高の天才みたいに扱われてたのに、向こうに行ったら普通《ふつう》の人どころか、普通の人以下だったんだって。日本って詰《つ》め込《こ》み教育だし、特に兄は、敷《し》かれたレールを何の疑問も持たずに歩いて来た人だったから、自分で考えることなんてあんまりなかったんじゃないかな。もちろん、勉強は出来たから、そういう意味で考える力はあったんだろうけど。判断するとか、決定するとか、そういう力。それに、経験不足で考えも偏《かたよ》ってたし」

「苦労したんだ」

「ある日突然《とつぜん》気づいちゃったみたいよ。『自分は何にも出来ない』って。そうしたら『今まで自分は一体何をしてきたんだろう』って思えてきちゃったんだって」

ユカはうなずいた後、言った。

「なんか、分かる気がする。お兄さんみたいに頭なんてよくなかったけどさ。自分は何してきたんだろうって、漠然《ばくぜん》と思っちゃう気持ちって、分かる」

愛貴もうなずいた。

「うん。でも少なくとも兄は気づかない方が幸せだったんだと思うわ。本人にも、『気づいちゃったところが不幸よね』って言ったんだけど」

「そうなの?」

真美は素朴《そぼく》に尋《たず》ねた。

「そうよ。あのまま何の疑問も持たずに進んでいれば、母の会社継《つ》いで社長になって、母が育てたスタッフたちが仕事してくれてちやほやしてくれて。順風満帆なまま行けたはずよ」

愛貴は新たに運ばれたグラスに口をつけた。

「でも、気づいた兄が好きだけどね、私は。本人はすごい苦しかっただろうけど」

3人は少しの間、黙《だま》った。店内は混雑《こんざつ》時を過ぎ、人もまばらになっていた。

「で、そのまま引きこもり。だいぶ回復してきて、外には出るようになったんだけどね。私とはずっとメールのやりとりはしてるし。母は最初は必死でどうにかしようとしてたけど、もう諦《あきら》めたみたい。私の主治医でもある医者に相当説得されてなんだけどね」

「主治医?」

「うん。私はね、病気で学校辞《や》めたの」

「病気?」

ユカと真美は声をそろえた。

「そう。拒食症《きょしょくしょう》」

＊　敷かれたレールの上を歩くだけの失敗のない人生を歩ませようとすると、子どもは必ず大きな挫折をする。親に決められた事に従うだけの子どもは、結局は何も出来ない子供になってしまうのだ。

57

あなたの母親はもう変わらないから　諦めなさい

「拒食症《きよしよくしよう》」

戸惑《とまど》いを隠《かく》せない2人に、愛貴《あき》はほほ笑《え》んで言った。

「もちろん、もう大丈夫《だいしようぶ》よ」

愛貴は淡《あわ》いピンクのマニキュアが塗《ぬ》られた自分の爪《つめ》を見つめながら言葉を続けた。

「家政婦さんの作った食事を食べたくなくて、食べなかったのが始まりかな。それも全然家に帰って来ない母親への反発みたいなものだったんだと思う。でもそのうち、体重が減るのが楽しくなってきちゃって、どんどん食べなくなって、気づいた時には食べられなくなってた」

「愛貴、やせてたもんね」

「真美《まみ》とユカだってやせてたじゃない」

「私は単なる栄養失調」

「私は酒とたばこの不摂生《ふせつせい》」

真美とユカが続けて言った言葉に愛貴は思わず吹《ふ》き出した。

「私も不摂生もあったかも」

3人の笑いで会話に少し深刻さがなくなり、愛貴はホッとした気持ちで続けた。

57　あなたの母親はもう変わらないから　諦めなさい

「病院に運ばれた時はね、30キロを切りそうなほどやせちゃってて、即《そく》入院。続けようと思えば学校は続けることも出来たと思うんだ。病気で欠席なら戻《もど》ることも出来るし。でもね、私もユカと同じ。もう、学校なんかどうでも良くなってた。で、やめちゃった」

「そっか……」

「お父さん、お母さんは反対しなかったの?」

「うーん。やめさせたくはなかっただろうけど。うちの母親も世間体を気にするからね。精神科に入院してることは絶対に言いたくなかっただろうから、診断書《しんだんしょ》も出せないじゃない?　事実を話すくらいならやめさせようと思ったんじゃないかな。それに何より、主治医にね、今は学校どころじゃないって怒鳴《どな》りつけられたから」

「お母さんのこと、怒鳴ったの?」

愛貴はふっと笑みをこぼした。

「そうなの。娘《むすめ》が入院したっていうのに、母親はその原因とか全然聞かずに、学校のこととか勉強のこととかばっかり気にしたから、先生が怒鳴ったの。『あんたの娘が死ぬか生きるかの時に学校どころじゃないでしょう』って」

「かっこいい……」

「でしょ?　結構若い女医さんだったんだけどね。迫力《はくりょく》はすごかった。さすがの母親も何にも言えなくなってたもの」

愛貴はワイングラスの縁《ふち》をゆっくりなぞりながら言った。

「彼女《かのじょ》には救われたわ。真美やユカと同じ。親は結局全然変わらなくって。その先生が私の話聞いてくれて、親に一生懸命《けんめい》話してくれて」

「いい先生だったんだ」

「きつい人だったけどね。私に対しても。物事はっきり言う人だったから」

「でも、はっきり言ってくれた方が楽よね」

「そうなんだけどね。でも『あなたの母親はもう変わらないから早く諦《あきら》めなさい』とか言うのよ。もう、驚《おどろ》いちゃった」

愛貴はテーブルに身を乗り出して言った。

「拒食症ってね、いろんな原因があるんだけど、私の場合は母親との関係が原因だったの」

「お母さん?」

「うん。簡単に言っちゃえばね、母親を嫌悪《けんお》する気持ちが強かったから、同じ女性になりたくないって気持ちが働いて、成熟を拒否《きょひ》する、みたいな感じ。確かに私ずっと生理とまってたしね。体重が減りすぎて」

「私のいた施設《しせつ》にもいた。拒食症の子。その子は過食もあったけど」

真美がぽつりと言い、ユカも言った。

「私の大学の友達にもいた」

「結構多いんだよね。きちんと病院に通ったりしてる子は少ないけど。大人でもかなりいるし」

愛貴は大きなガラスの窓から外を見ながら話を続けた。

「私の母親はね、私のことが大嫌《だいきら》いだったの」

ユカと真美は黙《だま》って愛貴を見つめた。

「こういうこと言うと、大抵《たいてい》の人は『母親が自分の子どものこと嫌いになるわけない』って言うんだけどさ。そんなことないんだよね。自分の子どものこと、どうしても好きになれない母親っている。2人なら分かってくれるでしょう?」

ユカと真美はゆっくりうなずいた。

58 あんたは　何をやっても気にいらない

「それに気づいたのはいつだったかなあ。多分小学校高学年のころかな。分かったんだよね。ああ、この人は母親であっても私のことが大嫌《だいきら》いなんだって」

愛貴《あき》は短く息を吐《は》いた。

「小さいころはよく分からなかった。兄のことばかり可愛《かわい》がるのはきっとお兄ちゃんが頭がいいからだろうって思ってたの。だからね、私も頑張《がんば》って勉強すれば可愛がってもらえるって信じて、すごく頑張った。習い事も人一倍頑張ってたし」

「愛貴、習い事たくさんしてたみたいだったもんね」

「高校のころはもうそうでもなかったわよ。小学校のころなんて、週に八つとか習い事してた」

「日にちが足りないじゃない」

「そう。だから掛《か》け持ちしてたの。超多忙《ちょうたぼう》な小学生だったわ」

愛貴はおどけるように笑った。

「でもね、全然駄目《だめ》なんだよね。頑張っても頑張っても可愛がってなんてもらえないの。ちょっとしたことですぐ怒《おこ》られるの。罵倒《ばとう》されて、殴《なぐ》られて。真美《まみ》ほどじゃないけど、私も母からはメチャクチャ殴られた。殴られて蹴《け》られて」

「愛貴の家は、お父さんは？」

「物心ついた時には別居してた。両親それぞれ別の会社を経営してたから、すごく忙《いそが》しかったせいもあるみたいだけどね。でも実質的には離婚《りこん》してるみたいなものだったの。父も母も海外に行くことがすごく多かったから、ほとんど家にいなかったし、外にマンション借りてた」

「じゃあ、お父さんは愛貴がお母さんに殴られてることは知らなかったの？」

「知ってたわよ。もちろん。完全に別居しちゃう前から母は私のこと殴ってたし。でも父は見て見ぬふり。母も父がいない時とか、寝《ね》ちゃった後とかに殴ることが多かったけど」

「陰湿《いんしつ》……」

「女同士だからね、陰湿になるしかないでしょう」

愛貴は口の端《はし》だけで笑った。

「そうなんだ、母と娘《むすめ》じゃなかったのよ。私と母って。母は女として私を嫌ってた。それが分かっちゃったんだよね」

＊　人は、相手のことが理解できれば許せる。理解できないからこそ許せない。

「それってつらい……」

真美がつぶやくように言った言葉に、愛貴は答えた。

「そうでもないわよ。理由が分かった方がすっきりした。分かるまでは、とにかく好きになってもらおう、可愛がってもらおうって必死で、怒られると自分が悪かったんだって自分を責めてたけど、もうどんなに頑張ったって駄目なんだって分かったんだから。すっきりしたわ」

「そうかもね……」

今度はユカが言った。

「理由が分からない時の方がつらかった。真美とユカと同じでね、家に帰るのが怖《こわ》かった。母の機嫌《きげん》がよいことだけを祈《いの》って家に帰るの。ご機嫌とるために、何を話そうかまで考えながら帰るわけ。とにかく怒られたくなくて家に帰ってからも顔色うかがいながらビクビクして、一生懸命《けんめい》いい子にして。でもそれでも怒られるんだよね。理由なんてなんでもいいのよ。とにかく存在が気に入らないんだから。怒る理由探してるみたいなものだから。母親は」

愛貴は一瞬《いっしゅん》まぶたを閉じて思いを振《ふ》り払《はら》うように顔を上げた。

「まだお手伝いさんが毎日は来ていないころ、母に代わって洗濯《せんたく》物を干《ほ》してたの。そんなのも、母に褒《ほ》めてほしくてやってたんだけどね、途中《とちゅう》で母が来て、私が干した物を全部地面に落としたのよ」

真美が息をのんで言った。

「なんでそんなこと……」

「その時に母が言ったの。『なにやっても気に入らない』って」

「ひどい……」

「けっこうひどい一言だよね。そのころからかな。ああ、もう何をやっても駄目なんだって気づいたのは」

「そうなんだ……」

真美とユカはうつむいた。

「諦《あきら》めてからは、私は楽になったけど、母との関係はもう最悪。高校のころは修復不可能って感じだった。もうそのころは母はほとんど帰ってこなくて、帰って来ても兄と話すだけだった」

「お兄さんは、愛貴に対してはどうだったの？」

「ばかにしてたわ。母と結託《けったく》してたからね」

59　母さん　もうやめろ

「自分では、母に嫌《きら》われてもどうってことない、なんでもないって思ってたんだけど、本当はそんなことなかったんだよね。それが私の場合は拒食症《きょしょくしょう》って形で出たの」

「なんでもないわけないわよ。母親に嫌われてるって思うのって、大変なことだもの」

ユカが冷静に言う言葉に愛貴《あき》はうなずいた。

「そう思う。母との関係が悪くなるにつれて病気も重くなっていって。でも自分はやせていくのが楽しくて、ますます食べなくなる。悪循環《あくじゅんかん》。貧血《ひんけつ》もひどかったし、体力も落ちてたはずなんだけど、気分的には元気なの。それも拒食症の特徴《とくちょう》なんだけどね」

「そうなんだ……」

「愛貴、元気そうに見えたものね」

真美《まみ》とユカはうなずく。

「でもねー。真美がいなくなって、ユカがいなくなった後は、目まいもひどかったから、深刻な状《じょうきょう》況だったんだと思うわよ。ほら、あの保健室の高橋順子《たかはしじゅんこ》さんから『やせたわね』って言われたりもしてたし。本人の自覚はなかったんだけど」

愛貴は視線を窓の外に走らせ、道を通り行く人を見ながら続けた。

「あの日は、久しぶりに母が帰ってきて、兄も家にいたんだ。玄関《げんかん》を入って、母の靴《くつ》を見た途端《とたん》、なんか嫌《いや》な予感がした。そういう予感って絶対あたるんだよね」

真美が意味深げにうなずいた。

「リビングに入ったら誰《だれ》もいなくて、家政婦さんが作ってるはずの食事もなかった。それでまたイヤーな予感がしたの。それが、的中。すぐに母が下りてきた。手にかばんとか服とかいっぱい持ってね」

「愛貴の？」

「そう。私がそれまでにいろいろなおじさんたちから買ってもらってたブランドもの」

真美とユカはああ、と声にならないようなつぶやきをもらした。

「ばれちゃったのよ。お金はかなり自由に使ってたけど、さすがに親が与《あた》えてくれるお金で買えるような物でも数でもなかったし」

真美が身を乗り出して聞いた。

「どうなったの?」

「そりゃあ、殺されるほど怒《おこ》られたわよ。殴《なぐ》られているうちに気持ち悪くなってだんだん気が遠くなってきて、ほんとにこのまま死ぬんじゃないかと思った。殴られたせいじゃなくて、そもそも体力低下が原因だったみたいだけど。で、ほんとに気を失って、救急車で運ばれて即《そく》入院」

「お母さんが救急車呼んだの?」

ユカの言葉に愛貴はゆるく首を振った。

「兄だったらしいわ。確かに、倒《たお》れる直前に兄が私に駆《か》け寄ってくるのを見た気がするの。それに『母さん、もうやめろ』って言ったのも」

「お兄さん、とめてくれたんだ……」

「あれが初めてだったけどね。でも兄なりに考えてくれたんだと思う。入院してからはまめにお見舞《みま》いに来てくれたし、カウンセリングも受けてくれたし」

「お兄さんがカウンセリング?」

「うん。兄は留学で中断しちゃったけど、その病院っていうか私の主治医が熱心な人で。私だけの問題じゃない、家族の問題だって、家族全員にカウンセリングを受けさせたの」

「お母さん、お父さんも?」

「そう。結局母が一番来なかったけど。一番の当事者が来ないってありがちなことなのよね。だから問題が解決しない」

「なるほど」

愛貴は片手でほおづえをついて、再び窓の外に視線を走らせた。

「私はたくさんカウンセリングしてもらったなあ。今にして考えれば、あの当時の日本の病院であれだけ精神科医が熱心にカウンセリングしてくれるなんて珍《めずら》しかったんだと思う」

「いい先生に出会えたね」

「そう思う。私が今まで話した、拒食症の原因とかも彼女《かのじょ》に教えてもらったし、母への気持ちの整理をつけられたのも病気を乗り越《こ》えたのも彼女のおかげ」

「良かったね」

真美が笑顔《えがお》で言い、ユカもうなずいた。

Ⅵ

相談に乗れる大人に　なりたい

60

自分では　どうしようもなくなっているから

「退院してすぐにアメリカに行ったの?」

ワインからジュースに飲み物を変えた真美《まみ》がストローをいじりながら言った。

「しばらくは通院しなきゃいけなかったから日本にいたけど。でもほぼすぐかな。父と一緒《いっしょ》にね」

「お父さんと」

「そう。もう母とは住めないって思ったから」

「お父さんはどう思ってたの?　ずっと家に帰ってなかったんでしょう?」

「うん……」

愛貴《あき》は首をかしげた。

「母よりは分かってくれたけどね。責任も感じてたみたいだし。自分のせいだって。でも、私の方がもうどうでもよくなっちゃって」

相変わらずストローをいじっていた真美のグラスの氷が、カラン、と音をたてた。愛貴は言葉を続けた。

「入院中に話し尽《つ》くして、もうふっきれてた感じ。分かってほしいとかもう思わなくなってた。もう放っておいてくれればそれでいい、みたいな感じ」

「ああ、それ分かる」

ユカが言った。

「今更《いまさら》って感じ？　私もそうだった」

愛貴はうなずいた。

「うん、そう。勝手だけど、病気のことも心配されたくない、みたいな。でも大学入ってからは寮《りよう》に入ったから、父とも離《はな》れちゃったけどね」

「日本に帰る気にはならなかったの？」

「どちらでも良かったんだけどね。アメリカ行く前に大検は日本でとってあったし」

「その辺が愛貴はすごいよねぇ」

感嘆《かんたん》の息の声をもらす真美に愛貴は手をヒラヒラとふりながら言った。

「暇《ひま》だったもの。退院した後は」

でもすごいわ、と言い合っている真美とユカに向かって愛貴は話を続けた。

「漠然《ばくぜん》とだけど、精神科医になろうって思い始めてたの。だから、心理学とか、精神医学とか勉強するならアメリカかなって思って」

「精神科医」

「そう。もちろん主治医だった彼女《かのじよ》の影響《えいきよう》が大きかったんだけど。でも、自分が病気になってすごく思ったのね。拒食症《きよしよくしよう》とか、そういう精神的なものが原因の病気って、治療《ちりよう》も大変だし、周りの理解もすごく得にくいの。だから、私と同じように苦しんでる子の力になりたいなって思って」

「だから、私の父の病気とかも詳《くわ》しいんだ」

真美がうん、うん、とうなずきながら言った。

「おもしろい？」

ユカが尋《たず》ねる。

「そう、ね。私の場合、勉強も治療みたいな部分もあった。拒食だけじゃなくて、うつもあったし」

「うつ？」

「そう。突然《とつぜん》悲しくなって、涙《なみだ》が止まらなくなったり」

「ああ、私もあったわ」

ユカが即座《そくざ》に言う。

「高校生のころ、そういうことあった。夜突然悲しくなって涙が止まらなくなるの。理由とかは特にないんだけど」

「私もあった」

真美も答える。

「理由がないわけじゃないのよね。いろいろな気持ちが積み重なってそうなってるの。それまでに、自分の悲しみとかを抱《かか》え込《こ》んじゃってる結果なんだけど。ひどい時にはリストカットとかもしてたし」

「ああ、それも私もあった。衝動《しょうどう》的にカッターで切っちゃう」

真美も、私も、とつぶやいた。

「2人もあっただろうね。今までの話を聞いてるとそう思う。思春期ってさ、そういう行動って決して珍《めずら》しくはないんだと思う。もちろん全員ってわけじゃないけど。そういう行動で気持ちの整理をつけてる部分もあるのよね。でも、周りには分かってもらえないじゃない？」

「うん。傷とか、絶対に見られないようにしてたもの」

「そうそう、異常だって思われそうだし、大人からは怒《おこ》られそうだし」

ユカと真美が言う。

「そうなんだよね。でも、絶対に誰《だれ》か相談できる人がいなくちゃ駄目《だめ》なのよ。自分ではどうしようもなくなってるから、そういう行動が出てるんだから。でも、相談できる人がいないんだよね」

「いなかったなあ。誰も」

ユカと真美がうなずく。

「だからね、私、そういうことを相談にのれる大人になりたいって思ったの」

61

知ってほしいんだけど　知られたくないの

「あの保健室の高橋《たかはし》先生だっけ？　彼女《かのじょ》もそういう大人になろうとしてくれてはいたわよね」

ああ、そうね、と愛貴《あき》はユカの言葉にほほ笑《え》んでうなずいた。

「一生懸命《けんめい》に相談に乗ろうとしてくれてるのは分かってたんだけど。でも、私なんて結構ひどいこと言っちゃった」

「なんて言ったの?」

真美《まみ》が聞いた。

「悩《なや》みがあるんじゃないかって聞かれた時、『本当に悩んでる人間は相談なんてしようとしないでしょ』みたいなこと言っちゃった。今考えればひどいよねえ。彼女にすればすごく力になりたいって思ってくれてたんだろうから」

「愛貴はそういうところあった。なんかちょっと人を寄せ付けないっていうか」

「私から見れば真美とユカにもあったわよ。悩みは絶対に話さないっていう感じ」

「そうかもね」

ユカが口を開く。

「知ってほしいんだけど、知られたくないの。矛盾《むじゅん》してるんだけど」

「そうなのよね。だから、高橋先生みたいに、『力になるわよ』って一生懸命来られちゃうとちょっとひいちゃう」

「どこかで諦《あきら》めてるのよね。『どうせ力になってくれない、分かってくれない』って」

「そう。でも期待もしてる。『誰《だれ》か分かってくれるかもしれない』って」

3人は黙《だま》って互《たが》いを見つめてほほ笑《え》んだ。

「勝手な理屈《りくつ》。でも、本当にそうだったんだよね。私はまだ勉強中だけど、少しずついろんな子どもの治療《ちりょう》も始めてるの。話を聞いてるとね、みんな諦めてる。『どうせあんただってほかの大人と同じなんでしょ。どうせ説教しかしないんでしょ』って感じなの。でもね、どこかで『分かって。助けて』って叫《さけ》んでる感じがする。言葉じゃないんだけど。体の全身が叫んでる感じがするの」

「なんとなく分かる。言葉にはしたくないのよね。言葉にしないで分かってほしい、みたいな」

ユカが静かに言う。

「そうそう。私も今でもある。本当は分かってほしいんだけど、分かってくれないのが怖《こわ》いから言えないの。いつも旦那《だんな》に『言わなくちゃ分からないだろう』って怒《おこ》られる」

「それも分かるんだけどね。でも、言わないで分かってほしいんだよね。これも勝手な理屈ね」

ユカが笑う。

「そう考えるとさ、私たちってずっと誰かを探していたのかもね」

「探してた?」

愛貴の言葉を真美が聞き返す。

「うん。出会い系サイトにはまってたのもさ、本当にお金が欲《ほ》しかったわけじゃないと思うの。もちろん、お金が欲しかった部分もあったし、どっかで大人をばかにしてた部分もあったけど。でも、本当は誰か分かってくれる人、救ってくれる人を探してたのかもね。方法は間違《まちが》ってたけど」

真美が少し切なそうな顔になって言った。

＊　大切な人にこそ、言いたい事を呑み込んでしまう。言葉にした時に、分かってもらえないのが怖いから。裏切られるのが怖いから。

「そう、なのかもしれない。あのころの私、変なおじさんとかでも優《やさ》しくされるとすごくうれしくなっちゃったりして、お金もらうの申し訳なくなっちゃったりしてたもの」

「真美はよくあったよね。お金もらい損《そこ》ねて帰ってきたり」

「そうそう。ユカと愛貴に怒られるんじゃないかってビクビクしながら帰った」

真美は笑う。

「要領悪いなあって思ったけどね。でも、私にだってあったわよ、そういう時」

「ユカにも?」

「それはそうよ。なんか妙《みよう》に優しくされたり、心配されたりすると、お金もらえなくなったりしたことはあったわ」

「そうなんだ……」

真美は驚《おどろ》きの表情をしながら静かに言った。

「寂《さび》しかったって本当にそうなんだと思う。家にも帰りたくないし、2人といるのは楽しいけど、悩みは話さないようにしてたし。だから私時々、メールで全然知らない人に悩みを相談してたりしたもの」

「え、ユカもそんなこと、してたの?」

「うん、顔を知らないとなんか素直《すなお》になれてさ」

「私もあった……」

2人の会話を聞いていた愛貴がぽつりと言った。

＊　人は、失っても、どう思われても構わないと思えると自由に話せる。だから時に匿名性の関係を求めるのだ。

「寂しかったのよね。私たち」

62 平和で幸せな日が続くと　なんかドキドキがとまらなくなる

「でもあのころの私たちが寂《さび》しがっていたなんて、周りの大人は全然思ってなかっただろうね」

「うん、きっと『寂しいんだ』って言ったら『何言ってんだ』って笑われるか叱《しか》られるかしてたかもね。『ふざけるな、思いっきり楽しそうじゃないか』ってね」

「あり得る」

真美《まみ》がうんうん、とうなずいた。

「楽しそうに見えたんだろうね。好き勝手やってるようにも見えただろうし。あの子たちみたいにね」

ユカがたばこを持った手で窓の外の女子高生を指さした。その子たちは下着が見えそうな短いスカートで歩きながら、肩《かた》を寄せ合って大笑いしていた。その子たちから視線を戻《もど》してユカは続けた。

「でも、すっごい退屈《たいくつ》だった気がする」

「分かる。退屈で死にそうって感じだった」

愛貴《あき》は女子高生から視線を外さずに言った。

「確かに、騒《さわ》いでる時は楽しいんだけど、どっか冷めてる部分もあったし。騒いでいない時はムチャクチャ退屈で、何かしなきゃって焦《あせ》ってる感じ」

「なんであんなに退屈だったんだろう」

真美が首をかしげた。

「刺激がないと死んじゃうって感じだったよね。守りたいものなんて何もなかったからかもね。」

「うん、守りたいものなんてなかった」

「むしろすべてなくなっちゃえばいいくらいに思ってたかも」

「そうそう、破滅《はめつ》願望みたいなものもあったよね」

「あー、すっごくあったかも。私はさ、一時メチャクチャな生活してたじゃない？　家出して酒飲んで落ちていくだけの日々。その時ってすごく楽だったもの。『落ちていくのはなんて楽しいんだろう』って思ってた。坂道を転がり落ちるって、ありきたりだけどぴったり」

真美がユカの言葉を聞いて、少し間を置いてから言った。

「私は、少し違《ちが》うかもしれないけど、なんか平和な日々が続くのが怖いって感じもあった」

「怖い？」

「うん、うまく言えないんだけど。今でも少しあるかな。いろんなことがうまくいって、平和で幸せな日々が続くと、なんかドキドキがとまらなくなるの。『このままじゃいけない』っていうか。分かる？」

「分かるわ」

愛貴が言う。

「私が治療《ちりょう》してる子でもそういう子いる。私自身もそういうところある。なんか、私もそうだけど、真美もユカも平和な日って続いたことがなかったでしょう。真美だったらお父さんがお酒飲んじゃうとか、ユカだったらお母さんが出てっちゃうとか。幸せはいつか壊《こわ》れるって経験的に思ってるんだよね。だから、平和が続くと『いつ壊れるんだろう』って不安になって『こんなはずじゃない』って思っちゃう。幸せが続くっていうのが信じられない。で、自分で壊すようなこともしちゃったりする」

「そうなの」

真美が体を乗り出した。

「なんかね、うちの主人と結婚《けっこん》する前かな、すごく幸せだったんだけど、不安で仕方がなくて、なんかわざとじゃないのに主人を怒《おこ》らせるようなことしちゃったりしてた。他《ほか》の男の人とデートしたり」

「え、そんなことしたの？」

ユカが笑いながら言う。

「うん。怒られるって分かってるのに。で、実際に私、結婚前に主人と何回か別れてるの。別れるとすごく悲しいんだけど、『やっぱり』って思ってる部分もあって」

「でも、戻《もど》ったんだ」

「うん。やっぱり別れたくないって思って、もう一度主人に謝《あやま》って、話をして。でも何より、主人には家のこととか全部話してあったから。理解してくれてたんだと思う」

「いい旦那《だんな》さんなのね」

＊　人は、いつか壊れる、失うという不安が継続する事に耐えられない。だから、自分から壊してしまい、その不安を消そうとする。

真美は照れくさそうに笑ってほほ笑《え》んだ。

63 殴られない日々って　こんなにも平和なんだ

「真美《まみ》、本当に幸せそう」

真美の笑顔《えがお》を見て、ユカが言った。

「うん。そう思う。昔を考えると、自分がこんなに幸せになれるって思ってなかった。普通《ふつう》に結婚《けっこん》して、家庭を持って、子供まで産むなんて想像も出来なかったもの」

「普通って、幸せよね」

ユカがつぶやく。

「昔はさ、『普通』なんて言葉すごく嫌《きら》いだったけど。でも、今になると思うわ。普通ってすごく幸せなのよね」

「私たちの場合は家庭が普通じゃなかったからね」

愛貴《あき》がほおづえをつきながら言う。

「普通っていうか、『平和』ってことなんだと思うよ。私も思ったもの。母親から離《はな》れた時。ああ、普通ってこんなに平和なんだって」

「うん。私も思った。施設《しせつ》に行ってから。殴《なぐ》られない日々ってこんなにも平和なんだって」

「でも、私たちも年をとったってことなのかもね。『普通』が幸せだって感じるなんて」

「いいじゃない。私、年をとるの楽しいわよ」

愛貴は少し肩《かた》をすくめて言った。

「楽しい？」

「うん。年をとる度《たび》に毎日が楽しくなってく感じ。誰《だれ》かに振《ふ》り回されることもないし、なんでも自分で決められるし、やりたいことも出来るし」

「それは分かる。若いころって自由なようで全然自由じゃないのよね。大人の都合に振り回されて、何でもかんでも駄目《だめ》だって言われて、叱《しか》られてばかりで」

「『駄目だ』って言われることをやるのが楽しいってところもあるんだけどね」

「そうそう。反発するって楽しいのよね。大人と戦ってるって感じ」

「私たちって生意気な子供だったんだろうね」

「いいじゃない。生意気は若さの特権よ」

愛貴の言葉で3人は顔を見合わせて笑った。

「でもさあ、年をとるのが楽しいって思えるっていうのも幸せよね」

「それはすごく感じるわ。疲《つか》れてる大人って多いじゃない。私たちの周りにも。愚痴《ぐち》ばっかり言ってたり」

「いる、いる。私の会社にも。いっつも『辞《や》めたい』って言ってるの。じゃあ辞めろよ、とか思っちゃう」

「ユカ、ほんとに言いそう」

「やだ、さすがに言わないわよ。私だって大人だもの」

ユカは大げさな身ぶりで否定した。

「でも、そういう人見ると、子供たちが大人になりたくないって思う気持ちが分かるわ」

「そうよね。かっこいい大人って周りにいなかったもの。まあ、私の場合は極端《きょくたん》だけど。まさかアル中になりたいとは思わないし、アル中の妻にもなりたいとは思わないし」

真美は顔の前で手をヒラヒラと振りながら笑った。

「私だって同じよ。父みたいにいつも寂《さび》しそうに背中丸めてるようになりたくないし。一生懸命稼《けんめいかせ》いだお給料も全部母にとられておまけに男に貢《みつ》がれちゃうんだから最悪じゃない。母はあの人なりに楽しそうではあったけど、醜《みにく》いって感じだったし。あの2人見てたら大人になんかなりたくないって思うわ」

ユカが顔をしかめながら言う。

「うちも同じよ。お金はあったけど、母はいつも疲れてて怒《おこ》ってて。父は帰ってきても話さないし、なんか家にいるとつらそうって感じだったもの。大人にもなりたくないし、結婚なんて絶対嫌《いや》だって思った」

「あー、結婚ね。私も嫌だった」

愛貴の言葉にユカが大きくうなずいた。

「ま、うちの両親見てたら当たり前だけどね。私は恋愛《れんあい》もちょっと、って感じ」

「ユカ、彼氏《かれし》いないんだ」

「うん。今はいない。付き合ったことがないってわけじゃないけど、恋愛に対しては抵抗《ていこう》があるなあ。今は仕事が楽しいから、恋愛どころじゃないってところもあるけど。年をとってから、だよね。恋愛が嫌って思うようになったのは。若いころなんていつも彼氏がいたような気がするもの。メチャクチャなころなんて、会ったその日に付き合い出したりして、後になって『いつからこいつが彼氏なんだろう』とか思ったもの」

「それは極端ね」

「さすがユカだわ」

「変なところで感心しないでよ」

ユカは笑って真美を軽く叩《たた》いた。

64 今は幸せで　自分が好き

「私、そろそろ帰らないと」

真美《まみ》が時計を見て言った。

「ああ、すっかり遅《おそ》くなっちゃったね。長居《ながい》しちゃってお店の人にも悪かったかしら」

「そうね。ファミレスでずっと粘《ねば》るおばさん状態になっちゃったわね」

ユカは笑いながら残っていたワインを飲んだ。

「会えてよかった。たくさん話して、すっきりしたし」

真美は名残惜《なごりお》しそうに言った。

「夫には全部話したけど、他《ほか》にはここまで全部話してないし。ユカと愛貴《あき》もつらかったんだって分かって、なんかうれしかった」

真美はそう言ってから、慌《あわ》てて言い直した。

「2人がつらかったのがうれしいっていうんじゃないのよ」

「分かってるわよ」

ユカが穏《おだ》やかに言う。

「なんか、こんな最悪の家庭、私の家だけなんじゃないかって思ってたのね。だから前は2人に話せなかったし。でも、2人のことも分かって、なんか、これでほんとの友達になれたっていうか」

「そうね。私も話してすっきりした」

「私も」

3人は静かに見詰《みつ》め合った。

「いろいろあったけど、みんな今は幸せだって分かったしね」

ユカの言葉に真美と愛貴がうなずいた。

「私ね、今日2人に話してて思った。ろくでもない両親だったけど、あの両親でよかったって思うわ。すごくつらかったし、苦しかったし、施設《しせつ》にも行かなくちゃいけなかったけど、それでもね、全部ひっくるめて今の私があるわけでしょう？　なんか、うまく言えないけど」

「言いたいこと、分かるよ。私もそうだもの。産んでくれてありがとう、とかじゃなくて。ああいう両親だったから、今の自分があるんだものね」

「そうね。私もそう思う。あの親に育てられて、いろんなことを乗り越《こ》えてきて今の私になってるんだものね。もっと違《ちが》う親だったら私は精神科医になろうなんて思ってなかっただろうし」

「そうそう。私もさ、全寮制《ぜんりょう》の高校はきつかったけど、でも、今の自分になるためには必要だったって思うの」

「落ちて落ちて、メチャクチャな時期も必要だったしね」

「そういうこと」

ユカはまじめな顔でうなずいた。

「私たちってさあ、今の自分が好きなのよね。だから、親も許せるし、過去全部が必要だったって思えるんだよね」

愛貴が静かに言った。ユカと真美も静かにうなずいた。

「マイナスの影響《えいきょう》も確実に受けてて、まだ乗り越えてない部分とか、まだまだ解消しなきゃいけない問題もあるんだけどさ。親からの影響で。でも、やっぱり今は幸せで、自分は好き。これからもっと幸せになれると思うし」

「いずれは結婚《けっこん》して？」

真美が尋《たず》ねた。

「結婚じゃなくても、パートナーは欲《ほ》しいわね。母親と父親のせいで、一生1人なんてことにはなりたくないわ」

「そうそう、あの親のせいで幸せになれなかったとは絶対に思いたくないよね。まあ、もうそんなことはないと思うけど」

愛貴が確かめるように言う。

「じゃあ行こうか」

3人は立ち上がった。

「愛貴はアメリカに戻《もど》るんでしょう?」

「うん。来週には戻るつもり」

真美が少し不安げな顔になって言った。

「また、会えるよね」

「もちろんじゃない。たまには帰ってくるし。2人とも、遊びに来てよ。私が住んでる周辺は安全だから」

「あ、絶対行きたい」

「来て、来て」

「私も」

「真美は家族でいらっしゃいよ」

「いいの?」

「歓迎《かんげい》するわ」

「うれしい、さっそく夫に言ってみよう」

店の外に出た3人は向かい合った。

「じゃあ」

「うん、元気で」

「メールするよ」

「そうね、昔みたいに」

3人は笑顔《えがお》を向け合い、そしてそれぞれ別々の方向に歩き出した。

あとがき

児童相談所で受けるさまざまな相談の中には「非行」の問題もある。内容もさまざまで、飲酒、喫煙《きつえん》、夜遊び、家出などのほか、援助《えんじょ》交際や出会い系サイトに関係する相談もある。出会い系サイトにはまるのが非行かどうかというのは難しいところであるが、多くの大人は非行の始まりとしてとらえるだろう。

いずれも困っているのは親であって、子供は困っていない場合が多い。だから児童相談所に自発的に来たりはしない。でも、なかには親に連れられて来る子もいる。警察を経由して強制的に連れて来られる子もいる。

子供たちは「悪い子」のレッテルをべったりと張られてしまっている。確かに、親から聞く話だととんでもない子に思えたり、やっていることは「悪いこと」であったりする。

でも、子供たちからじっくり話を聞くと、彼《かれ》らは決して「悪い子」ではない。大人たちは子供たちのことを「罪悪感がない」とか、「悪いと思っていない」と言うけれど、彼らは実は自分のしていることが悪いことだと知っている。大人に叱《しか》られた時には、決して認めないかもしれないけれど、ちゃんと分かっているのだ。

子供たちはいつだって退屈を嫌《きら》い、楽しいことを求めているのだけれど、悪いことをする理由はそれだけではない。子供が崩《くず》れていくのには、やはりそれ相応の理由がある。そしてその大半は、大人に原因があると私は思っている。

　ここに登場した真美やユカや愛貴のように、家庭環境《かんきょう》が壮絶《そうぜつ》で、崩れるのも仕方がないと思える子もいる。本書の中に書いた家族はそれぞれすべて私の創作ではあるけれど、もっと壮絶な家庭もある。実際に私はそうした家庭をたくさん見てきている。そして、真美やユカや愛貴ほどではなくても、親に愛してもらえていなかったり、必要以上に厳しくされ、叩《たた》かれてばかりいたり、気持ちを無視されてばかりいたり、完全に放任され、全く関心を向けてもらえなかったり、悪いことを始めるきっかけとなる辛く悲しい体験があるのだ。

　私は、真美やユカや愛貴の姿を通して、そういう子供たちの気持ちを分かってほしかった。彼女《かのじょ》たちは大人から見ると、とても生意気で大人をばかにしていて、自分のしていることに対する罪悪感などまるでなく、悩《なや》みなんて全くないように見える。けれど、連載にあったように、家庭の中はメチャクチャで、彼女たちはとても苦しんでいるのだ。

　ではなぜ彼女たちは出会い系サイトでおじさんたちを探し、お金を稼《かせ》ぐようなことをしたのか。最後の方に出てきたように、彼女たちは寂《さび》しかったのだ。誰《だれ》かに愛《あい》してほしかったのだ。自分の気持ちを理解し、受け入れてくれる人を求めていたのだ。このことは周囲の大人から見ると、とても分かりにくいし、彼女たち自身もその時にははっきり分かってはいない。だから寂しいなんて決して認めない。けれど、誰だって、自分を愛してほしい。誰からも愛されないなんて、そんな悲しいことには耐《た》えられない。

　彼女たちは、愛を求める一方で、落ちていきたいと望んでいる。親に愛されずに育った子供たちの多くはさまざまな形で自分を傷つける。自分の存在を否定され続けた子供たちは、自分の存在を肯定《こうてい》することが出来なくなっている。出会い系サイトで見つけたおじさんたちの間を次々と渡《わた》り歩く彼女たちのその行為《こうい》は、愛を求める行為であると同時に自虐《じぎゃく》的な行為でもあるのだ。そしてその行為はエスカレートしていった。彼女たちの心の傷が深まるのと同じように。

だから私は大人たちにお願いしたい。一方的に「子供が悪い」とは決して決め付けないでほしい。行動自体は悪いことであっても、その行動には必ず意味があって理由がある。子供たちは、子供たちなりに苦しんでいるのだ。そのことを理解せずに、お説教をしたり、表面的に「悩みをきいてあげる」と言っても、子供たちは決して大人に心を開かないし、行動を変えはしない。子供というのは大人の本心を見抜《みぬ》く力に非常に長《た》けているのだ。

私は子供のことで悩《なや》んでいる親たちの話も聞いているので、親が子供を本当に心配しているのも分かっている。子供に十分愛情を注げないのには親には親の理由があるのも分かっている。だから、真美やユカや愛貴の両親のような極端《きょくたん》な親でない限り、親御《おやご》さんだけを責めるようなことはしない。しかし、大人が変わらなければ、子供は絶対に変わらない。原因がなくならなければ、子供は変わってはいかない。けれど、さまざまな相談を受けていて、実感するのは、大人はなかなか変わらない。そして、一度こじれてしまった親子関係は、修復が非常に難しい。子供も、そう簡単には素直《すなお》になってはくれないからだ。

だから真美、ユカ、愛貴には家を離《はな》れてもらった。3人ほど家庭の問題が深刻であると、解決が非常に難しいからである。

けれど、大人たちに知ってほしい。大人が変わらなければ子供は変わらないということは、逆に言えば、大人が変われば子供は変わるということを。そして、子供たちの行動だけに惑《まど》わされないでほしい。子供たちは悪いことをしているかもしれないが、決して、「悪い子」ではないということを。

そして、ここからは子供たちに伝えたい。

大人は「子供は楽でいい」とか、「好きなことばかりやっている」と言うかもしれないけれど、私は、子供をやるのも大変だと思う。なぜなら、子供は結局いつでも大人の都合に振《ふ》り回されるし、大人は子供の意見をなかなか聞いてくれないし、子供が大人を変えるということも出来ないからだ。でも、私は真美、ユカ、愛貴の姿を通して、まず大人に知ってほしかった。あなたたちは苦しんでいるのだということを。真美や、ユカや、愛貴ほどではないにしても、あなたたちなりに悩みを抱《かか》えているのだということを。そして、あなたたちに知ってほしかった。あなたの悩みを、苦しみを分かってくれる大人は必ずいるということを。今、あなたの周りにはそんな大人はいないかもしれない。お説教と命令しかしない大人ばかりかもしれない。あなたの気持ちなんて理解してくれない人ばかりかもしれない。でも、必ず、いる。

毎日楽しく過ごしたい気持ちは分かる。なんで勉強しなきゃいけないのか分からないという気持ちも分かる。悪いことをするのが楽しいという気持ちも分かる。でも、私はあなたたちに落ちていってほしくない。崩《くず》れてほしくない。それはなぜなら、幸せな大人になってほしいから。私は、真美、ユカ、愛貴の幸せな大人になった姿をあなたたちに見てほしかった。逆境に負けず、どうしようもない親を乗り越《こ》えて、とても素敵《すてき》な大人になった彼女《かのじょ》たちを見てほしかった。それは、あなたたちにもそうなってほしいからである。

大人になんてなりたくないと思っているかもしれない。あなたの周りにあなたが目指せるような素敵な大人はいないかもしれない。もしかしたらあなたは真美やユカや愛貴のように、毎日大人に傷つけられているかもしれない。でも、そのために、崩れてほしくない。あなたを傷つける大人のせいで、あなたの人生が台無しになったら、もったいないではないか。だって、あなたの人生なんだから。

今何をしていようとも、後からどうにかなると思っているかもしれない。でもやっぱり、あなたが幸せになるためには、あなたの力で頑張《がんば》らなくちゃいけない時期もある。真美やユカや愛貴がつらい時期を乗り越えたように。

でも、最後に3人が言ったように、大人になり、年をとるのは楽しい。それは私が自信を持ってあなたたちに伝えます。私は年をとるごとに、自由になっていくように感じています。そんな大人には出会ったことがないという人は、どうぞ会いに来てください。

私は、あなたたちにも幸せになってほしいと本当に思うのです。そして、幸せで素敵で、かっこいい大人になったあなたたちと、いつか話がしたいと願っています。

著者紹介

山脇由貴子　（やまわき・ゆきこ）

1969年東京生まれ。横浜市立大学心理学専攻卒。現在、東京都児童相談センターのカウンセラーとして、年間100家族以上の相談や治療を受け持つ。ストリートチルドレンの急増するベトナム政府から依頼を受け、児童相談所のスタッフ養成のための講演を行うなど、国内外を問わず幅広く活躍。また、新聞や雑誌への寄稿を通し、臨床現場の生の声を発信し続ける、いまもっとも注目される若手臨床家。著書として『子育てをしない男には女のスゴサがわからない』（ポプラ社）、『あの子が部屋から出てこないのはどうしてだろう？』（ポプラ社）、また論文として「子どもの保護・回復と治療」（中谷瑾子・岩井宜子・中谷真樹編『児童虐待と現代の家族』所収、信山社）がある。

出会いを求める少女たち

2004年５月20日　初版第１刷発行

著　者　山　脇　由　貴　子

発行者　今　井　貴＝村岡侖衛

発行所　信山社出版株式会社

113-0033　東京都文京区本郷6-2-9-102
TEL 03-3818-1019　FAX 03-3818-0344

印刷・製本　亜細亜印刷

ISBN 4-7972-5315-0 C 3037